はじめに

お父さんが会社から帰ってこない。

お父さんの身に何かあったのではないか。

嫌な予感がして、姉と弟は会社に行ってみた。

すると、会社は明かりがついたまま。

中に入ると、椅子が倒れていて、書類が床に散乱している。

二人は心配になり、すぐに警察に相談した。

だが、悲しいことに、その心配は現実となってしまった。


二人の父親は下町で小さな貿易会社を経営し、家族の生活を支えていた。

ある日、父親が暴力団に頼まれ金を貸してしまう。金を返したくないと思った暴力団は、父親を連れ去った。

三名の暴力団が父親に暴行を加えて車に乗せ、会社から江東区砂町にある倉庫に連れ込んだ。すると、そこにも三名の暴力団が待っていた。倉庫内で寄ってたかって殴る蹴るの暴行を加えた上、息も絶え絶えになった父親を毛布で包み、その上からトロープで縛り上げた。その後、車のトランクに押し込み、山形県米沢市の解体工事現場まで運んで行き、穴を掘って埋めたのである。

車で運んだ男の話によると、埋める時、父親はまだ息があり、生きていたという。無慈悲極まりない犯罪である。

茨城県警察と警視庁の合同捜査本部が、この事件を担当した。

犯行に及んだ暴力団は、茨城県内に事務所を構える湊連合会日下部一家の者であった。警視庁は、私がいた組織犯罪対策第四課（当時は捜査四課）、広域暴力団対策係小田桐班が担当した。数か月の捜査を経て、社長が埋められている場所を見つけた。運んだ男が自供したことで分かったのだ。男は「米沢市内の解体工事現場に埋めた。しかし穴を掘って埋めた時、薄暗かったので場所までは覚えていない」と言う。

東京から捜査員が総出で向かった。三月の寒い日であり、米沢市内にはまだ所々に雪が残っていた。工事現場に着いた捜査員は、広い敷地内を懸命に探した。そして、最近掘り起こされたような土のある場所を発見し、ここかもしれないと思って、手で掘っていった。その土の中に姉弟の父親が埋められていたのであった。捜査員一同合掌し、丁寧に遺体を掘り出し、ヘリコプターで東京へ輸送してきた。その後、検視、検案など所定の手続きを終えて、霊安室で家族に父親を引き渡した。

その際、引き渡しに立ち会った捜査員は、変わり果てた父親の姿に悲しむ姉弟を見て、胸が詰まりもらい泣きするとともに「なんでこんな酷いことをするんだ」と思って、犯人に対して怒りが込み上げてきたという。

父親を殺された子供（姉）が綴った上申書がある。次のような内容であった。

お父さん、お帰りなさい。
寒かったでしょう。冷たかったでしょう。
苦しかったでしょう。
お父さんがいなくなってから、弟とずっと心配していましたよ。
心当たりの場所は、すべて探しましたよ。
それが、このような姿で帰ってくるなんて。
お母さんが亡くなってから、結婚もせず一生懸命私と弟を育ててくれましたね。
一時、会社の経営がうまく行かず、苦しい時期もあったのに、それでもいつも明るく接してくれましたね。
毎日、会社と家との往復で、大変だったと思います。
唯一の楽しみは、友達と会ってカラオケに行くことでしたね。
そこでも友達を楽しませていたそうですね。
私は、そんなお父さんが大好きでした。

お父さんをこんな姿にした犯人たちに言いたい。
お父さんは、あなたたちに何か悪いことをしましたか。
あなたたちにお金を貸してあげたのではないですか。
あなたたちの世界では、なんの罪もない人でも殺すのですか?
お父さんを返してください。
返してください。私は絶対許しません。
あなたたちは、刑務所に入ればそれで罪が償われると思うかもしれませんが、
私と弟は毎日お父さんを思い出します。
毎日です。
時が経っても、その日が来るたびに悲しくやり切れない気持ちになります。

もうお父さんが戻ってこないと分かっていてもです。

一生、この気持ちを背負っていくのです。

この気持ちが分かりますか?

あなたたちにもお父さんやお母さんがいたでしょう。

家族はいないのですか。

絶対許すことはできません。


お父さん、今まで私たちを育ててくれてありがとう。

これから二人で頑張って、生きて行きますからね。


身を切られるような言葉であった。

暴力団事件に限らず犯罪というものは、時として被害者の家族を一生苦しめることになる。このような悲しい思いをする人が少しでもいなくなってほしい。そういう願いを込めて、この本を上梓した。

なお、本の内容はすべてフィクションであり、実際の事件や実在する人物・団体・名称等とは関係ない。暴力団はどんな理屈で罪を犯すのか。また、その暴力団犯罪に対して、警察はどのように立ち向かっていくのか。それらを分かりやすく描いたつもりである。

警察小説や刑事ドラマなどに興味ある方はもちろん、暴力団排除に関心のある方々に読んでいただければと思っている。

その前に、警察の階級に関する知識があるとより分かりやすいかと思うので、簡単に説明しておきたい。

本書に関係する階級のみであるが、警察は階級社会と言われ、下から巡査（巡査長）、巡査部長、警部補、警部、警視、警視正となっているが、本部（本庁）と警察署では、役職名の呼び方が若干違う。警視庁の刑事さんを例に説明しよう。

警察署では、巡査（巡査長）は通常「〇〇」と呼び捨て（一番下だから仕方ない）である。巡査部長は「部長」や「主任」と呼ばれ、警部補は「係長」である。警部は「課長代理」で、警視は「課長」「副署長」「署長」と分かれている。警視正は大規模署の「署長」などである。

本部では、巡査（巡査長）の呼び方は警察署と一緒で、巡査部長も「部長」である。しかし「主任」と呼ばれるのは警部補で、「係長」と呼ばれるのは警部である。警視は「管理官」や「理事官」と呼ばれ、警視正は「捜査二課長」とか「組対四課長」などである。なお、県警本部になると、警部補は「係長」呼ばれ、警部は「課長補佐」と呼ばれている。

目次

はじめに　3
狂気の銃弾―どうして仲間を殺すのか　15
特別捜査本部設置―必ずホシ（犯人）を検挙せよ　25
担当医師の話―他の患者さんに怪我がなかったことが幸いです　36
担当看護師の話―思い出すと今でも身体が震えます　38
豊島署刑事の話―中神の真意に気づきませんでした　39
寿長明院けん銃使用殺人事件―発端は掟破りの犯罪にあった　41
襲撃の決意―屈辱を晴らせ　48
失敗続きの襲撃事件―バズーカ砲を撃ち込んじゃえば　52
豊島署事件―殺害目的の呼び出し　55
聞き込み・鑑識活動―吸い殻が後日実を結ぶ　59
専従員体制―犯人を逮捕するまで終わりはない　60
通話明細分析―実行犯人が浮上する　66

似顔絵作成 ―実行犯人は二人か？ 68
高速券捜査 ―指紋が襲撃犯を割り出す 70
竜宮の逮捕取調べ１ ―一冊のノートが命取り 72
組長襲撃 ―運良く命は取りとめた 82
恐喝犯人の逮捕 ―ホシはいつでも逃げるもの 85
傷害犯人の逮捕 ―そこまでして逃げたいのか 92
スナック乱射事件 ―戦慄の銃弾 95
岩峰係長着任 ―情熱は岩をも通す 105
警視庁五番目の男 ―凄い男がいたもんだ 107
職業安定法違反 ―起死回生、この事件が突破口となるか 112
一ノ瀬の逮捕 ―勝負の時は近づいた 119
カラスの恩返し ―犯人は黒だとカラスが教えてくれた 124
一ノ瀬の取調べ１ ―逮捕事実に間違いありません 126
一ノ瀬の取調べ２ ―なんとしても落としてくれ 130
一ノ瀬の自供 ―犯行のすべてを話します 137
引き当たり捜査 ―けん銃もハンマーも川に捨てました 141

けん銃の捜索 ―ここに捜査の命運がかかっている 144
裏付け捜査 ―すべての供述に信憑性あり 151
本件の逮捕状請求 ―裁判官から激励される 153
一ノ瀬の取調べ3 ―心を通わす取調べ 155
竜宮の取調べ2 ―認めても否認？ 157
中神の取調べ ―人の心を取り戻すのは今しかないぞ 164
乱射犯人の自供 ―遺族の方々にできる私の気持ちです 174
一休み ―やっと皆、笑いが出た 181
公判対策 ―最後まで気を抜くな 184
判決 ―極刑以外の判決はない 187
報復止まず ―血のバランスシート 189
告白 ―無罪確定 192
あとがき 196

狂気の銃弾

―どうして仲間を殺すのか

吐く息が白くなる。身体に力を入れたくなるような寒い朝だった。

黒ジャンパー姿の男が二人、軽自動車の中で携帯電話が鳴るのを待っている。

助手席に座っていた竜宮は、運転席の一ノ瀬に声をかけた。

「一さん、寒いなあ」

背を丸めていた一ノ瀬も、応じた。

「うん。寒いなあ。竜ちゃん」

近隣は住宅街であり、気づかれてはまずいので、車のエンジンは切っていた。

二人は同郷の友であり、あうんの呼吸で話ができる仲であった。多く語らずとも気持ちは通じ合えた。

二人ともヤクザになった以上、いざという時の覚悟は決めていたが、五〇半ばになって、まさか人を殺すことになるとは思ってもいなかった。それも、仲間を殺すのである。

捕まれば、もう生きて娑婆（刑務所の外）には戻れないかもな……。

二人はそう思いながら、車の中で待っている間、故郷の海に向かって駆けていた無邪気な子供の頃を思い出していた。


その時、竜宮の携帯電話が鳴った。

「遠山のベッドを確認したら連絡するから、病院の裏で待て」

会長の中神が命令してきた。

もう引き返すことはできない。殺るしかないのである。

「中神が、病院の裏で待てと言ってきた」

「一さん、頼むぞ」

そう言って竜宮は車の外へ出た。

竜宮は右手をジャンパーのポケットに入れたまま、一ノ瀬は左手でジャンパーの胸元を押さえながら、足早に病院の裏へ向かった。

病院の裏までは約二〇メートルあった。北側の路地で、中神から次の命令を待つことにした。辺りは人通りもなく静かで、寒さが一層身にしみた。北側は高さ一メートルの塀で囲われ、その塀を上がれば幅一・五メートルの植え込みとなっている。植え込みにはツツジが植えてあった。植え込みから窓枠までの高さは六〇センチくらいである。

この窓が、集中治療室の窓である。この集中治療室のベッドで、昨夕豊島署管内の路上で、けん銃で撃たれた遠山（四五歳）が治療を受けていた。

二人は昨日の夜も、中神の命令で病院に来た。しかし夜半になり、中神から「遠山は、病院北側にある集中治療室のベッドにいるが、その位置が分からない」と言われ、帰ったのであった。

寒さの中、竜宮と一ノ瀬は、身体を動かしながら待った。

ただ、ここに長い時間はいられないと思った。付近の住民に怪しまれれば、一一〇番されるだろう。そう思うと、気が気でなかった。だからといって、今さら引き返すこともできない。引き返せば、自分たちが殺られてしまうかもしれない。二人はタバコを吸いながら待った。

三〇分前、中神は池袋のホテル前からタクシーに乗り、新都心大学病院に向かった。中神は精神的に追い詰められていた。今日、遠山を殺らなければ、これからの襲撃ができなくなり、最悪の場合、襲撃事件に加わった組員全員が警察にパク（逮捕）られる。そうなれば、ヤクザとしてのメンツが潰れてしまう。

病院前でタクシーから降りると、すぐ竜宮に電話をかけ「遠山のベッドを確認したら連絡するから、病院の裏で待て」と命令した。

その後、急いで集中治療室へと向かった。病院前には、パトカーや警察車両が数台止まり、マスコミと思われる車両も来ている。その上、病院入口には、制服警察官が警戒に当たっていた。

中神は入口の警察官に一礼して、病院内に入って行った。集中治療室前の長椅子には、配下の組員二名が座っていた。中神の姿に気づくと、素早く立ち挨拶した。

「ご苦労様です。遠山の容態は変わらないようです」

その組員の近くには、昨夜から集中治療室の入口で警戒に当たっていた豊島署の暴力団担当刑事もいた。

中神は、暴力団湊連合会・宇賀神一家中神会（三次団体）の会長であり、刑事とは顔見知りであった。中神は小柄で神経質。眼光は鋭く、ヤクザの生きざまが、その険しい表情に出ている男である。

暴力団担当刑事が暴力団と顔見知りであっても、なんら不思議はない。刑事として、自分の警察署管内にある暴力団事務所の組員を把握することは、当たり前だからである。特に、組長とは顔を繋いでおいたほうが都合の良い場合がある。ただ、よく言われるように、暴力団と癒着することは許されない。

中神は、顔見知りの刑事に聞いた。

「ご苦労様です。刑事さん、遠山は大丈夫ですか？」

「ああ、昨夜と変わりないよ。今のところ命に別状ないそうだ」

「ところで遠山を殺ったのは、どこの組織だ。知っているんだろう」

刑事は昨夜と同じことを聞いてきた。

遠山がけん銃で撃たれたのは、当然、他の組織との揉めごとが原因だろうと思ったからだ。

「それが組内でも分からないんです。分かったら刑事さんに話しますよ。ところで刑事さん、遠山はうちの組員だし、身内みたいな者です。面会させてくださいよ。遠くから顔を見るだけでもいいですから。頼みますよ」

中神は執拗に面会を頼んできたが、その時、刑事には中神の真意が分からなかった。

「そうか。じゃあ、遠山の担当看護師に、面会ができるかどうか聞いてみるよ」

そう言って、看護師に集中治療室の入口まで来てもらった。

「少しでいいんですが、面会できますか。仲間の中神という者が心配して来ているのですが」

「よろしくお願いします」

脇にいた中神も看護師に対して、何度も頼み込んだ。

「本人に確認してみます」

そう言って看護師は治療室へ向かい、遠山に面会しても構わないか確認してきた。

「遠山さんが、面会してもいいと言っています。ただし、短かい時間にしてください。お願いします」

看護師は、中神との面会を承諾してくれたのである。

そして、看護師と刑事立会いの上、中神は遠山との面会に向かった。

遠山は、治療室の北東角にあるベッドで治療を受けていた。中神は治療室内を一瞥し、そのベッドの置かれた位置をしっかり確認した後、遠山に声をかけた。

「遠《とお》よ。大丈夫か？ しっかりしろよ」

それに対して遠山は、中神を見ながら頷くだけで何も話さなかったが、看護師にも刑事にも遠山の表情が悲しそうに見えたのが印象に残った。

面会は数分で終わり、中神は急ぎ足で病院を出ると、正面の角地から集中治療室のほうを見ながら竜宮に電話した。

竜宮と一ノ瀬は、中神からの電話を待っていた。二人は落ち着かず、タバコを何本も吸った。一五分がとても長く感じられ、寒さと緊張感でいっぱいであった。その時、竜宮の携帯が鳴った。

「遠山は、集中治療室の北側、東角のベッドにいる。殺れ」

言った瞬間、病院の外に出てきた刑事と目が合い。中神は素早くタクシーに乗り込むと、すぐにその場から立ち去った。


中神が命令してきた。猶予はない。すでに二人の覚悟は決まっていた。

「遠山は東角のベッドにいる。頼むぞ」

竜宮は一ノ瀬に告げた。

「分かった」

一ノ瀬も答えて、迷いを断ち切った。

二人とも帽子を被っていたが、竜宮はサングラスをかけマスクをした。一ノ瀬は帽子を深々と被り直した。二人は一メートルの塀を乗り越え、植え込みを進み、北東角の窓ガラスの前まで来た。

二人とも心臓の鼓動が激しくなり、気持ちが高ぶってくるのを感じた。竜宮は、ジャンパーの右ポケットに入れたけん銃を改めて握り直した。一ノ瀬もジャンパー内に隠していたハンマーを取り出し、その柄をギュッと握り締めた。

竜宮は窓ガラスに近づき、ブラインド越しに治療室内を見下ろした。すると悪運が味方したのか、ブラインドの隙間から、ベッドにいる遠山の姿が見えたのである。斜めに見下した一メートル先のベッドに、遠山は寝ていた。ブラインドの羽根が、斜め上から治療室内が見えるように調整されていたのであった。一ノ瀬も遠山の姿を確認した。

この窓ガラスを割ってくれ。竜宮は一ノ瀬に目くばせした。

あうんの呼吸で一ノ瀬は、六〇センチのハンマーを高々と振り上げると、力を込めて窓ガラスを叩いた。ガシャンと大きな音を立てて窓ガラスが割れ、すかさず竜宮は一ノ瀬と入れ替わり、ブラインドを押し除けて、割れた窓に身体を入れると、両手でけん銃を構えた。

その時、ガラスの割れる音に異様さを感じた遠山は、窓のほうを見た。竜宮と目が合い、けん銃が自分に向けられているのを知り、反射的に顔をそむけた。

その瞬間、「遠山、許してくれ」と竜宮は心に念じ、遠山の頭部目がけて、けん銃を発射したのである。

「バン、バン、バン」

　銃声が治療室内に響き渡った。

　一発は遠山の右側頭部こみかみ付近から左側頭部を貫通し、もう一発は左側頭骨で跳ね返り、脳内をぐるぐる回転し、そのまま脳内に止まった。狂気の銃弾である。

　竜宮と一ノ瀬は素早く塀から降り、脇目も振らず逃げた。一ノ瀬が前を走り、その後をサングラスとマスクを外した竜宮が続き、軽自動車に飛び乗ると急発進して走り去った。

　集中治療室内は突然の出来事で恐怖に包まれ、騒然となった。

「きゃあー」

「いゃあー」

「伏せて、伏せなさい」

「患者のベッドを移動しなさい」

「治療室の外に出なさい」

「一一〇番しなさい」

「……」

伏せる者、ベッドの足にしがみつく者、治療室を飛び出す者、看護師、医師、患者の動揺は尋常ではなく、パニック状態であった。

これが、平成一三年二月二五日の朝方発生した「新都心大学病院集中治療室内けん銃使用殺人事件」の一場面である。

警視庁通信指令室に、病院と現場の警察官から事件内容が一一〇通報された。

「千駄木署管内、新都心大学病院集中治療室内で、けん銃発砲事件発生」

通信指令室と同時に、事件内容を受理した捜査一課、組対三課、組対四課は、この一一〇番の第一報に仰天し、刻々と知らされる事件内容に耳を傾けた。

その結果、被害者は暴力団湊連合会傘下中神会の幹部と判明した。被害者は前日にもけん銃で撃たれ、新都心大学病院で治療中であったことも分かった。前日の事件には、組対四課が出動していたことから、本事件も組対四課が担当することに決まった。

一般の殺人事件や強盗事件などは捜査一課の担当となるが、暴力団が絡む事件は組対四課が担当することになるのである。

特別捜査本部設置

――必ずホシ（犯人）を検挙せよ

事件発生当日、組対四課広域暴力団対策係、柚木（警部）班の高杉主任（警部補）は、赤坂警察署の別館四階で荷物の整理をしていた。

数か月前、赤坂署管内にある湊連合会関東興業事務所内で、会議の席上、関東興業の会長が、けん銃で撃たれる事件が発生した。撃ったのは、以前から反目していた反主流派の者であったが、運良く会長は一命を取りとめた。その事件捜査のため、柚木班は赤坂警察署に応援派遣となっていたが、捜査が終結したので引き上げることになった。

高杉主任が段ボールにパソコンなどを詰め込み、引き上げ作業をしていると、岡村管理官（警視、五六歳）から電話が入った。

朝の電話である。朝の電話は良くない知らせが多い。またどこかで事件が発生したのかと思いながら、電話に出た。

「はい。高杉ですが」

「高杉主任か。千駄木署管内で殺しだ。これから迎えに行く。パソコンだけ準備しておいてくれ。詳しくは後で話すから」

それだけ言うと、管理官の電話は切れた。

思った通り事件だ。それも殺人事件だ。赤坂署の事件が片付き、一息つけるかと思ったら、また事件である。遊ばせてくれないなあ。管理官がパソコンを準備しておけと言ってきたのだから、うちの班に事件を担当させるのかもしれない。

そんなことを思いながら、高杉主任は中庭で管理官を待っていた。

高杉主任は身長一七五センチ、柔道三段。暴力団担当刑事一筋にやってきた男である。刑事としての信条は「人に優しく、悪に厳しく」。だから、人と接する時はいつも笑顔である。今まで一般人に暴力団担当の刑事と思われたことは、一度もない。

それを知ると、皆びっくりする。悪に対しては徹底して戦い、事件解決に向けて諦めない心意気を持つ。仕事においては、捜査員の和を第一に考える。お互いいがみ合ったり、気持ちがバラバラでは、悪に勝てるわけがない。捜査員をまとめ、支えることが大事なのである。そんな男であるから、高杉主任は柚木班のデスク担当を任されていた。

一五分くらい経つと、いつものように岡村管理官が、自分で車を運転してきた。管理官はいつも運転担当を使わず、自分で運転して事件現場を回り、指揮していた。

岡村管理官が高杉主任に声をかけた。

「やあ、高ちゃん悪いなあ。大変だよ」

「千駄木署管内で殺しですか？」

「そうなんだよ、千駄木の新都心大学病院の集中治療室で、ヤクザがけん銃で殺されたんだよ」

「集中治療室でですか？」

今までそんな場所での殺人事件など、聞いたことがなかった。

「あってはならない場所だよ。これから千駄木署で捜査会議だ。柚木係長や門野主任、森谷主任らも千駄木署に向かっている」

「そうですか。分かりました」

そう答えると高杉主任は、パソコンを後部座席に入れ、助手席に乗り込んだ。

運転は管理官である。赤坂署を出て青山通りに入ると「緊急で行くぞ」と管理官が言ったので、赤色回転灯を取り付け、サイレンのスイッチを入れた。車は加速し内堀通りから靖国通りを抜け、白山通りへと入って行った。

高杉主任はマイクを手に取り、緊急走行の広報を担当した。

「緊急車両が走行中です。ドライバーの皆さん、道を空けてください。緊急車両、交差点を通過します。緊急車両、交差点を通過します」

久々の緊急走行が、否が応でも緊張感を高める。

高杉主任が聞いた。

「対立抗争ですか。相手はどこのヤクザですか？」

「今のところは分からない。犯人は逃げている。分かっているのは、殺されたのが、湊連合会傘下中神会の幹部、遠山だということだけだ。遠山は、昨日も豊島署管内の路上で、何者かにけん銃で撃たれたんだ。撃たれた後、近くの長崎病院に駆け込んだが、その病院では治療できず、新都心大学病院に運ばれて来たんだよ。集中治療室で治療中だったんだ」

「そうですか。病院関係者は大丈夫だったのですか？」

「大丈夫だ。それだけが救いだよ。想像を絶する事件だよ」

「本当に、想像を絶する事件ですね」

管理官とそんな会話をしながら、千駄木署に向かった。

管理官の運転がうまいとはいえ、車は高級車ではないので、それなりに左右に揺れる。高杉主任は窓上のアシストグリップを掴みながら、広報を繰り返した。

緊急走行二〇分ほどで千駄木署に到着した。

署の前には、各マスコミ関係者が大勢待機している。出入りする車が、マスコミからカメラシャッターを切られていた。当然だが管理官の車もシャッターを切られた。署の一階はマスコミ関係者やひっきりなしに鳴る電話の応対で慌ただしかった。

「組対四課です」

受付で手帳を示し、三階刑事課の部屋に行った。

部屋は捜査員でいっぱいであり、引っ切りなしに捜査員が出入りしていた。管理官は千駄木署の刑事課長らと話し、事件の状況把握に努めるとともに、今後の捜査体制などについて打ち合わせをした。高杉主任は、先に来ていた柚木係長、門野主任、森谷主任らと合流し、部屋の隅のほうで会議のなりゆきを見守った。

「病院の集中治療室で殺すなんて、とんでもない事件だな。この事件は、絶対解決しないとならないな」

門野主任が言うと、側にいた森谷主任も同調し、頷いていた。

「ところで、この事件どこの班が担当するんだろう。うち（柚木班）かな」

門野主任が言った。

「うちかよ」

森谷主任も気になった。

「うちかもしれないよ。管理官と一緒に来たが、とりあえずパソコン持って来いと言われたよ。それに柚木班が呼ばれているじゃないか」

高杉主任が言う。

「そうか、うちの班か。覚悟しなければならないか」

門野主任と森谷主任は、自分を納得させていた。高杉主任は、側で三人の会話を聞いていた柚木係長に耳打ちした。

「この事件の担当は、柚木班が命じられるかもしれませんね」

「うーん、そうなるか」

柚木係長はそう言った後、黙って会議のなりゆきを見守った。

柚木係長は、今まで暴力団事件を専門に担当してきたわけではなかったので、その心中は複雑な思いであったのかもしれない。

刑事部屋を見回すと、反対側の隅に、同じ広域暴力団担当の坂上班が来ていた。坂上班は、前日の豊島署の事件に出動した事件番であった。事件番とは、各警察署内で大きな暴力団事件が発生すると一時的に出動し、捜査を応援して処理する班（輪番制である）のことをいう。

坂上班も鳴りをひそめたように、会議の結果を待っていた。本来なら、前日の事件に出動して事件内容を知っている坂上班が本件（遠山殺害事件）を担当するのが筋であったが、その判断は管理官に委ねられていた。

会議が始まってから間もなく、組対四課長（警視正、キャリア、四〇歳）も到着し、捜査会議は続いた。午後二時頃、捜査方針が決まった。管理官から、刑事課に集まっていた捜査員に対して、特別捜査本部の開設が伝えられた。

「皆さんも知っている通り、今回の事件は、人の命を懸命に救っている病院の集中治療室内で起きた事件であり、このような事件を許すことはできません。絶対に解決しなければなりません。警視庁の威信がかかっています。明日から千駄木署に特別捜査本部を設置します。招集は明日八時三〇分。指定された捜査員は千駄木署の講堂に集まってください。千駄木署、豊島署、組対四課、関係所属の指定人数は、追って連絡します。以上」

その後、管理官から柚木係長が呼ばれた。

これで、事件担当が柚木班と決まったのである。赤坂署の事件が終結して、ちょうど事件を抱えていなかったから本件を任されたのだろうと、高杉主任らは思った。

高杉主任、門野主任、森谷主任は、組対四課に来て五年目である。三人とも、四課が広域暴力団対策係（山口組集中取締り本部）を立ち上げた時に異動して来た仲であり、これまで数々の暴力団事件に携わってきたので、今さら臆する事件は何もない。決まればやるだけである。やるからには、必ずホシ（犯人）を挙げてやると、それぞれが心に誓った。事件解決に勝ち負けはないが、この事件だけは負けられなかった。

その後、高杉主任、門野主任らは千駄木署の講堂に移動し、千駄木署員らと捜査本部用に机の配置を整えたり、事件チャートなどの作成に追われたのであった。

二六日、午前八時過ぎ、招集された捜査員が、千駄木署の講堂にぞくぞくと集まってきた。警察署の中でなければ、ヤクザと間違えられそうな顔ぶれもいる。講堂の入口には「新都心大学集中治療室内けん銃使用殺人事件特別捜査本部」の看板が掲げられ、捜査本部は、組対三課、四課捜査員、千駄木署員、豊島署員、機動捜査隊、指定警察署を中心に五六名体制で始まった。前日に発生した豊島署管内の事件捜査も、並行して開始された。

定刻の八時三〇分、組対四課長が壇上に上がった。

「気を付け、四課長に敬礼。休め」

岡村管理官の号令が、講堂内に響き渡った。特別捜査本部の開始である。

「皆さんもご承知の通り、人の命を懸命に救っている集中治療室という場所での殺人であり、この事件は断じて許してはならない事件です。一つ間違えば、多くの犠牲者が出たかもしれないのです。世間の反響も大きく、何としてでも、犯人を検挙しなければなりません。警視庁の威信がかかっています。厳しい捜査になるかもしれませんが、宜しくお願いします」

四課長からの言葉であった。

「気を付け、四課長に敬礼。休め」

管理官は、続けて檄を飛ばした。

「事件の概要は、ここに掲示したチャートの通りですが、昨日の午前九時一〇分頃、千駄木にある新都心大学病院の集中治療室で、ベッドに寝ていた暴力団湊連合会・宇賀神一家中神会の幹部遠山猛（四五歳）が、何者かにけん銃で撃たれ殺されました。犯人は、外から集中治療室の窓ガラスを破り、けん銃を撃っています。一つ間違えば、他の患者や医師、看護師にも犠牲者が出るところでした。ただ今、四課長も話された通り、この事件は警視庁の威信がかかっており、絶対に犯人を挙げなければなりません。これから地取り班、被害者対策班、病院関係者や当時の警察官などからの事情聴取班を指定しますので、自分の与えられた任務を確実にやるように。漏れのない捜査をお願いします」

　地取り捜査とは、殺人事件や強盗事件、放火事件など大きな事件が発生すると、その発生場所から半径一キロ内などと範囲を絞って、その範囲内の住民や店舗、会社事務所などに聞き込みをして、事件の手がかりを得る捜査である。

　また、被害者の関係者や被疑者の知り合いなどに聞き込みを行って事件の手がかりを得る捜査を、鑑取り捜査という。この捜査方法は、暴力団事件ではない一般の殺人事件を担当する捜査一課でも、犯人が逃走した場合などに最初にやる基礎捜査なのである。

　講堂の黒板には、事件発生場所から半径一キロ圏内の地図が拡大して掲示され、各区割りがなされていた。各班の編成は、柚木係長から発表された。気合が入った係長の声が講堂内に響いた。

「四課大野主任と四課岸田部長は、地取り一区」

「四課門野主任と四課河井部長は、地取り二区」

「二機捜川船主任、二機捜門間部長は、地取り六区」

　千駄木署刑事課長からも、次々に地取り班が指定された。

「千駄木署暴力犯桜平係長、同じく暴力犯生田部長は、地取り七区」

「豊島署暴力犯伴野部長、同じく暴力団対策係平沼刑事は、地取り一二区」

その他に、重要な被害者の関係者、病院の医師、看護師からの事情聴取班などが指定された。

同じく豊島事件の捜査について、坂上班の四課大原主任らが、地取り班として指定された。

また、管理官が事件現場に臨場した現場鑑識班に下命した。

「現場観察を徹底し、証拠収集に全力を挙げてくれ。髪の毛一本も見逃さないように」

さらに、四課視察連絡係に対しても下命した。

「暴力団関係者から、本事件に関する情報を収集するように」

視察連絡係とは、主に東京都内で活動している暴力団組織の幹部らと接触して、その動向などの情報収集に当たる係である。

過去においては、暴力団事件が発生した場合、その暴力団担当の視察連絡係員が組長と掛け合い、犯人を出頭させたこともあったが、最近は暴力団も警察と接触するのを拒むようになり、なかなか情報も取りにくくなってきている。事件解決に影響が及ばないように考えながら、暴力団から情報を取らなければならないなど、精神的にも厳しい係である。

それぞれの任務が指示され、朝の会議は終わった。

「上がりは五時、以上」

管理官の号令で、捜査員はそれぞれ出かけて行った。

第一期の期間は二〇日間だが、休みはない。招集された五六名の捜査員で、初動捜査に全力投球するのである。この二〇日間にいかに力を注ぐかで、その後の捜査が左右される。

担当医師の話 ―他の患者さんに怪我がなかったことが幸いです

それぞれが日々捜査を進めていった結果、本事件に至った原因や状況が少しずつ明らかになってきた。

殺された遠山の担当医師の話である。

「人の命を守るため最善を尽くしている集中治療室で、このような事件が起こるとは、とても考えられないことです。絶対に許せない犯罪です。他の患者さんや治療に当たっていた病院の者に、怪我がなかったことが幸いです」

そう前置きしてから、話を続けた。

「遠山さんは、午後六時半過ぎに、当病院に救急車で運ばれて来ました。長崎病院から容態を聞いていましたので、すぐ集中治療室に入れ緊急手術を施しました。手術を終えたのは、午後一一時頃でした。その後、遠山さんのお姉さん夫婦が病状を聞きに来ているとの連絡を受けたので、看護師と一緒に入口まで行きました。お姉さん夫婦には『現在の時点では、命にかかわることはないでしょう』と申し上げました。私がお姉さん夫婦に病状を説明した時、側に刑事さんと一般人と思われる年配の男性が一人いました。その他に一般の方はいませんでした。お姉さん夫婦だけ、遠山さんと面会して帰って行きました。その後、緊急治療のため一時的に置いた遠山さんのベッドを、治療室内の北東隅に移動したのです。移動した訳は、容態がまだ安定していなかったことと、一般患者さんと区別するためでもありました。この時点で、遠山さんのベッドの位置を知っているのは、医師と看護師だけです。治療室内にある個室以外のベッドは、互いにカーテンで仕切られています。なお、遠山さんが撃たれた時、私は少し離れたところにいましたが、犯人の横顔を見ています。犯人は黒色ジャンパーを着ていて、マスクにサングラス姿でした。このような凶悪な事件を起こした犯人は、一刻も早く逮捕してほしいと思います」

これが、担当医師から聞いた事件当日の様子であった。

担当看護師の話 ―思い出すと今でも身体が震えます

次に、担当していた看護師の言葉である。

「事件が発生した時、私は遠山さんのホルター心電図を確認した後、隣の患者の様子を見に行くところでした。事件を思い出すと恐ろしくて、今でも身体が震えます」

そう前置きしてから、当日の様子を話し始めた。

「事件当日の午前八時五〇分頃、刑事さんから『心配して仲間の中神という人が来ているのですが、遠山さんに面会できますか』と聞かれました。それで、遠山さんのベッドに行き確認したところ『いいですよ』と面会に同意してくれたので、『遠山さんは面会してもいいと言っています。ただし、短い時間でお願いします』とお伝えし、私が立会い、刑事さんと男性が面会したのです。面会した時、男性は、遠山さんに対して『大丈夫か？　しっかりしろよ』と声をかけていました。遠山さんは、ただ頷いているだけでした。心なしか悲しそうな顔をしていました。この男性と刑事さん以外に、面会した人はいません。事件当日、窓のブラインドは閉めていましたが、外の明かりが少し入るように調整していました。遠山さんを撃った犯人は、年配でサングラス、マスク姿の男でした。一日も早く犯人を捕まえてほしいと思います」

これが、担当看護師から聞いた事件当日の様子であった。

なお、担当医師、看護師に対して、年配の男について写真面割りを行ったところ、二人とも躊躇することなく、中神の写真を指し示したのであった。

写真面割りとは、犯人と同様の性別、年代、特徴のある人物数十人の写真を用意して、その中に犯人の写真を混ぜ、目撃者が犯人の写真を抽出するかどうかを確認することである。

豊島署刑事の話　―中神の真意に気づきませんでした

当日、中神とともに遠山の面会に立ち会った豊島署刑事の話はこうだ。

「事件当日の朝について話しますと、私は前夜から集中治療室の入口で、警戒に当たっていました。すると午前八時五〇分頃、前夜に来た中神会の会長が、病院にやって来たのです。中神会は豊島署管内に組事務所があるので、当然会長とは顔なじみです。中神は入口にいた配下の者と話した後、私のところに来て『遠山は大丈夫ですか』と聞いてきました。私は、中神が自分の配下が撃たれたので、今日も心配して来たのだと思いました。私は『昨日と変わりない。命に別状はないそうだ』と答え、『ところで、遠山をやったのはどこの組織なんだよ。本当は知っているんだろう』と聞き返しました。すると中神は『それが組内でも分からないんですよ。分かったら刑事さんに話しますよ。それより、遠山はうちの組の者だし、身内みたいな者です。面会させてくださいよ。遠くから顔を見るだけでもいいですから。頼みますよ』と言ってきたのです。その時、私は面会させてくれと頼んできた中神の真意に全く気づかず、本当に遠山を心配して来たのだと思いました。それで、担当の看護師さんに面会できるかどうか聞いたのです。すると、面会できるとのことでしたので、中神と一緒に行って遠山と面会したのです。中神は、遠山のところへ行くと『遠よ。大丈夫か？しっかりしろよ』と声をかけていました。遠山は頷いていましたが、何も話しませんでした。私は、遠山が寂しそうな顔をしていたのが気になりました。面会を終えると中神は、配下の者に声をかけることなく、急ぎ足で病院を出て行きました。私は、その中神の態度が気になり、病院の外に出てみると、中神は正面の角地で誰かに電話をしていたのです。私と目が合うと、視線をそらすようにして素早くタクシーの乗り込み、去って行きました」

これら担当医師、看護師、刑事の話から、遠山のベッドの位置を確認した中神が実行犯に教えない限り、遠山を殺害することはできないと分かり、中神が共犯者である疑いが強まったのである。

寿長明院けん銃使用殺人事件
――発端は掟破りの犯罪にあった

暴力団組織の動向や情報に詳しい視察連絡係の村田主任らは、暴力団関係者から驚くべき情報を入手してきた。

本件の原因は、半年前に発生した寿長明院でのけん銃発砲殺人事件にあるというのである。寿長明院でのけん銃発砲殺人事件とは、次のような事件であった。

本件から遡ること半年前、八月の暑い日であった。

浅草寿町にある寿長明院では、暴力団湊連合会北澤会幹部の通夜が、午後四時から執り行われていた。浅草地区は寺が多く、昔から多くの暴力団が葬儀を行っており、寿長明院でも時々行われていた。

寿長明院は浅草通りに面しており、入口の石門を入ると幅四メートルの石畳が本堂へと続いていた。その本堂の右側に大きな斎場が建っており、通夜はそこで執り行われた。二次団体幹部の法要であり、付き合いも多いことから他団体の会葬者を含めて八〇〇人ほどが訪れた。

これだけの人数が集まると、湊連合会傘下の者といえども、互いに顔を知らない者もかなりいた。まして他団体ともなると、名の通った親分クラスや幹部の顔は知っていても、その配下の顔はほとんど分からない。その法要の席で、中神は風紀係として配下の小巻や中尾に指示しながら、粗相のないように会葬者、参列者などの案内や駐車車両の整理に追われていた。

事件は、その葬儀の席で起きたのである。

通夜は午後六時頃に終わり、葬儀委員長の挨拶が始まろうとしていた。

参列者が大勢いるため、挨拶は斎場の外で行われた。斎場前には、北澤会長を中心にして、その両側に湊連合会中内本部長、笹塚一家総長など、関係の深い団体の組長クラスが横一列に並んだ。そして、北澤会長らから一五メートルほど離れた先には、向かい合わせに三〇〇人くらいの組関係者が並び、葬儀委員長の挨拶を待っていたのである。参列者は皆、襟に湊連合会の代紋バッチを付け、代紋入りのネクタイをしていた。

葬儀委員長の挨拶が始まった。

「ご列席の皆様、本日は暑い中故人のため葬儀に参列していただきまして……」

その時であった。前方に並んでいた参列者の中から、四〇代と思われる男二名がいきなり飛び出し、横一列に並んでいた北澤会長らに向かって走った。その場にいた皆が、何事かと思った瞬間、二人の男は腰を低く構え、北澤会長たちを目がけてけん銃を発砲した。

「バン、バン、バン……」

銃声が、参列者の耳をつんざいた。

音に反応し、皆反射的に一瞬身をすくめた。その後、北澤会長らが撃たれたことが分かり、その場は騒然となった。

「会長、会長大丈夫か」

「兄弟、しっかりしろ」

「総長、総長」

「誰か、救急車を呼べ」

撃たれて倒れた北澤会会長らを気遣う悲痛な声がした。

撃った二人は、踵を返すと脱兎のごとく逃げた。参列していた組員らの前を突き抜けて走った。

「コラ、待て」

「待て、捕まえろ」

「逃がすな」

参列していた組員が、怒り狂って追い駆けた。

近くには、視察連絡係である湊連合会担当の村田主任や錦城会担当の國枝主任らが視察のため来ていた。また、寿長明院を管轄する蔵前警察署の暴力団担当刑事も警戒を兼ねて来ていたが、刑事たちも皆、まさかの出来事に目を疑った。

二人は、その刑事たちがいる方向に向かって逃げた。逃げて来た二人に対して、村田主任は警察手帳を示し、大声で制した。

「警察だ。逃げるな。けん銃を渡せ」

警察手帳を見せられた二人は、警察官と気づき、村田主任らにけん銃を渡したが、すぐ後から追ってきた湊連合会の組員らに捕まったのである。

「この野郎」

「てめえ、どこの者だ」

怒号とともに、次から次へ追って来た組員が、二人に襲いかかった。

その数は、一〇人から二〇人、二〇人から三〇人、三〇人から四〇人と膨れ上がっていった。

「この野郎、なんてことしやがる」

「てめえ、誰に頼まれた。どこの者だ、殺っちまえ」

怒号が飛び交い、その場で殴る蹴るの暴行が始まった。

目の前で親分が弾かれたのである。怒りが収まらなかった。組員が次から次に覆いかぶさり、犯人の男らは見えなくなった。

「痛てぇ、馬鹿野郎、それは俺の手だ」

興奮のあまり、間違えて仲間の手足を蹴る者もいた。

その中には、北澤会組員らに交じり、中神、小巻、中尾もいた。側にいた村田主任らは二丁のけん銃を取り上げたが、殴る蹴るの暴行は止めようがなかった。誰も止められる状態ではない。

「やめろ、それ以上やると全員逮捕だぞ」

そう大声で警告するだけで、精一杯であった。

そして、蔵前署の刑事と手分けして、一一〇番通報や本部への連絡に追われた。そのうち、警察官の前ではまずいと思ったのか、誰かが「式場へ連れて行け」と怒鳴り、二人を式場内へ引きずって行った。そこでも殴る蹴るの暴行を加え続けたのである。あちこちからパトカーのサイレン音が聞こえきた。すると、殴っていた中神らは二人を車のトランクに放り込み、どこかに連れ去ったのであった。

式場内はメチャクチャであった。床や椅子は血にまみれ、白と黒の鯨幕はズタズタ、入口のガラスは粉々に割れ、トイレ内も血だらけであった。

犯人二人は連れ去られたが、見失うわけにはいかなかった。現場を蔵前署の刑事に任せ、村田主任、國枝主任たちは急いで車に乗り、追跡した。

これらの様子を、半袖シャツに黒ズボンの男が近くの交差点で見ていた。一部始終を見定めると、その男はタクシーに乗り、どこかに立ち去ったのであった。

中神たちは黒色車両二台で連れ去った。村田主任らは交差点の信号で追いつき、そのまま追尾した。車が向かった先は、浅草警察署管内の千束二丁目にある北澤会関係事務所であった。中神たちは事務所に監禁すると、また殴る蹴るの暴行を加えた。

「組はどこだ」

「誰の指示でやった」

問い詰めたが、二人はぐったりとして、声の出せる状態ではなかった。追いついた村田主任らは説得した。

「殺すんじゃないぞ。警察へ引き渡せ。殺したら全員逮捕されるぞ。あとは警察に任せろ」

また、本部（四課）の視察連絡係からも、湊連合会の上層部に対して、犯人を警察へ引き渡すようにと説得した。その結果、湊連合会上層部の意向を受け、中内本部長の指示で、犯人を警察に引き渡したのであった。

この事件で、湊連合会北澤会長と笹塚一家総長が死亡した。

会長を殺された北澤会や総長を殺された笹塚一家の怒りは当然だが、湊連合会執行部の怒りも収まらなかった。まず、こんな事件が起こるとは考えられなかったのである。それまでヤクザの世界では、義理場（葬儀、放免祝い、襲名披露などの場）では、相手を狙うことは禁止されており、それはお互い暗黙の決まりごとであった。

犯人は、錦城会佐野一家串田総業の配下の者と分かった。すぐに湊連合会と錦城会との話し合いが持たれた。その結果、錦城会から佐野一家は絶縁（復活することはない）し、以後、佐野一家の名前も消滅させる。さらに、今回の責任を取って、錦城会会長代行が引責辞任（絶縁）するとの条件が示されたのである。

襲撃の決意　―屈辱を晴らせ

錦城会の素早い決断を受け、湊連合会はその条件を飲んだ。

しかし、絶縁された以後も佐野一家は解散せず、一本独鈷として稼業を続けていたことから、湊連合会の一部の怒りがぶり返した。また、それぞれ立場上の思いもあった。特に湊連合会の中内本部長は忸怩たる思いであった。

自分は本部長の立場であり、北澤会長の隣にいたのである。自分を狙って来たのかもしれない。そうであれば、北澤会長は自分の代わりに撃たれてしまったことになる。

それに中内本部長は湊連合会の風紀委員長であり、今回の葬儀における警備では中神会長らを指揮する立場でもあったのだ。

「あの事件は誰も予想できなかったし、犯人を見つけるのは不可能に近い」

そう言って気遣ってくれる幹部もいたが、その言葉が余計重く感じられた。

中神も悔しい思いでいっぱいであった。風紀係の隊長として、配下の小巻、中尾たちを指示して会葬者、参列者などの案内、整理、車の誘導に気を配っていたが、犯人を発見することができなかったからである。

「犯人は、湊連合会のバッチ（代紋）を付けていたし、ネクタイもしていた。顔を知っていなければ、見つけることなど無理だよ」

そう言ってくれる者もいたが、自分がもっと警戒していれば北澤会長らが死ぬことはなかったのだと思い、中神は後悔するばかりであった。また、一部の者が「なぜ、犯人を警察に引き渡したんだ。命令した奴が分からないじゃないか」などと陰で言っているとの話が耳に入り、耐えられなかった。

警察官の見ている前で起きた事件だから、警察に引き渡すのは仕方ないのだが、ヤクザ社会では、それで済まされないこともある。さらに自分の失態で、本部長に肩身の狭い思いをさせてしまったことで、自分自身を許せなかったのである。

中内本部長と中神のつながりは深く、以前中神は、本部長の組内で活動していた。

本部長とは、兄弟分（ヤクザ社会の義兄弟）であり、兄貴のように慕っていたのである。その本部長の気持ちを察すると、いてもたってもいられなかった。何よりも、こんな屈辱を抱いたまま、これからもヤクザとして生きていくのが耐えられなかったのである。それで、佐野一家総長と串田組長を襲撃する決意を固めたのであった。

襲撃の決意を固めるに当たっては「うち（湊連合会）は、親分が二人も殺られたのに、釣り合いが取れないじゃないのか。このままでいいのか」との声も後押しした。特に串田組長だけは、どうしても殺らなければならないと思った。事件当日、犯行の見届け人として寿長明院の近くにいたことが分かったからである。組長がタクシーに乗り現場を去る姿を、湊連合会の組関係者が目撃していたのであった。

その後、中神は襲撃する意向を配下の者に伝え、その年の暮れに配下を引き連れ、佐野一家総長宅や串田総業の下見に出かけた。佐野一家総長宅は、栃木県今市市内にあり、串田総業（串田組長の自宅兼事務所）は宇都宮市内にあった。

下見後、日光の温泉ホテルに泊まり団結式を行った。その席上、襲撃の責任者として、幹部の遠山が指名されたのであった。

遠山は、ヤクザでも強引なやり方をする男ではないが、義理に厚いので選ばれたのだった。

「遠山さん頼むよ」

皆から言われると、拒むことはできなかった。

「絶対、報復をやり遂げるぞ」

酒も入り、全員で気合を入れ、結束を固めたのである。

しかし、その後、遠山は、襲撃で自分のほうが殺られるかもしれないと悩んだ。そして義理の兄さんに「自分に万一のことがあったら頼みます」と言い、自分の生命保険証書を渡すなどしていた。

襲撃前には、箱根にある高級ホテルでも決起集会を行った。それは年が明けた一月下旬であり、その席には、中神、犬塚組組長、遠山、そして中内本部長がいた。遠山は本部長から酒を注がれ、襲撃の責任者としての決意を固めた。


これら二つの温泉で集会が行われたことは、遠山が自宅に所持していた二枚の写真からも分かる。

栃木県日光にある温泉ホテルでの写真は宴会場での集合写真で、遠山を中心にして中神会長、竜宮組長、犬塚組長、小巻幹部、中尾幹部、土橋幹部など一二名が写っていた。また、箱根にある高級ホテルでの写真は中庭の日本庭園で撮ったものであり、本部長の横に遠山が並んで写っていた。

失敗続きの襲撃事件
―バズーカ砲を撃ち込んじゃえば

最初の襲撃は二月初めに敢行することになり、車両二台に分乗して行った。一台目には遠山を筆頭に四人が乗り、二台目に竜宮らが乗車した。日光宇都宮道路を今市インターで降り、佐野一家総長宅に向かった。

朝の四時頃に着いたが、総長宅前にいた配下の組員に見つかって一発も撃たずに逃走する羽目になり、襲撃は失敗に終わった。

相手も警戒していて簡単にいかないことを知り、いろいろ襲撃方法を話し合った。

「火炎瓶を投げ込むのはどうか?」

「手りゅう弾を投げ入れれば」

「バズーカ砲を撃ちこんじゃえば」

そうした過激な意見が聞いていて、これじゃ戦争だなと遠山は思うようになり、襲撃に嫌気がさしてしまった。

それで、中神に「責任者を下してくれ」と頼んだのである。しかし、中神から釘を刺された。

「最後までやるんだ。裏切りは許さない」

その後、遠山は思い悩んだ。

「裏切れば、仲間内から殺されるかもしれない」

その思いを内妻にも話し、警戒して自宅には裏口から出入するようになった。

そんな悩みを抱えながらも、第二回目の襲撃が二月二一日、早朝に敢行された。襲撃には二台の車で行き、先頭の四トントラックには中神自身も乗り込んだ。後続の車両（レンタカー）に、遠山と高瀬らが乗った。再び、佐野一家総長宅を狙ったのである。

しかし、総長宅に近づいたところで、またしても配下の者に発見されてしまった。先頭車両の中神らはすぐに気づき逃走したが、後方から行った遠山らは気づくのが遅れた。遠山と高瀬は後続車両の侵入を防ぐため、トランクから通行止めの看板を取り出し、設置しようとしたのである。

配下の者に気づき、急いで車に乗り逃走したが、追尾されてしまい、追尾車両に向かって高瀬がウージー銃（短機関銃）を連射した。遠山も自動式けん銃を数発撃った。初めてけん銃を撃った。力を込めて引き金を引いたが、追尾車両に当たらず、近くの民家の壁に当たってしまったのである。

さらに追尾車両を振り切って逃げるも、途中パトカーのサイレン音を聞いて、路上にレンタカーを捨て、逃げ帰って来たのであった。レンタカーの中には、撃ったウージー銃の薬莢が残っていた。それを聞いた竜宮らがレンタカーを取りに行ったが、すでに警察に引き上げられてしまっていた。

その頃から遠山は襲撃にますます嫌気がさすとともに、俺は身内に殺されると、一層危険を感じ、身を隠そうと思った。旧知の友人のところに身を寄せた後、従順な配下の者と連絡を取り、新しい携帯電話を手に入れた。その後、昔世話になった板橋警察署の刑事に相談しようと、何度か電話を入れたが通じなかったのである。

中神は、遠山に裏切り行為を感じた。もし遠山が警察に話せば、全員捕まってしまう。襲撃もできず、自分の屈辱を晴らせない。

そう思い、竜宮、犬塚、土橋らと相談して、遠山の殺害を企てた。そして翌日、竜宮が遠山に呼び出しの電話を入れたのであった。

視察連絡係の村田主任らが取ってきたこれらの情報から、本件は他の組織との対立抗争ではなく、中神会における内部犯行であり、遠山の口を封じるため、中神と配下の者が犯行に及んだ疑いが濃厚となったのである。

なお、寿長明院事件に至ったのは、錦城会と湊連合会における以前からの縄張り争いや利権争いが原因ではないかとの噂はあったが、定かではない。

豊島署事件

——殺害目的の呼び出し

事件番で出動した四課大原主任が聞き込んできた情報と、遠山の知人や配下の者などの話から、豊島事件の状況も分かってきた。

遠山はもう組から離れようと思い、組の者と会うのを避けていた。ところが、新しい携帯電話の番号を知った竜宮から、二三日の夕方電話がかかってきた。

「先日の襲撃の件で話がある。警察に持って行かれたレンタカーの件だ。明日の夕方五時、事務所向かい側の駐車場で待っている」

襲撃に使ったレンタカーを乗り捨てて逃げたのは自分だし、レンタカーを借りたのも自分であるので、仕方なく遠山は呼び出しに応じた。

翌日の午後五時頃、長崎通りでタクシーを降り、駐車場まで歩いて行った。すると駐車場近くの路地に、中神会のある男が待っていた。身長一八〇センチくらい、大柄の男で黒色帽子、黒色コート姿であった。深々と帽子を被っていたが、同じ組の者であるのですぐ分かった。

近づいて行くと、男は「竜宮から、これを渡すように預かった」と言い、コートのポケットに手を入れた。

遠山は何かと思い、さらに近づいて行くと、いきなり胸元に固い物を押し当てられた。

「バチ、バチ、バチ」

男は、左手に持っていた高電圧スタンガンを押し当ててきたのである。

身体に電流が走り、遠山はかがみ込みながら後ずさりした。さらに男は、右ポケットからけん銃を取り出し、動きの鈍った遠山目がけ数発撃ってきた。男も緊張していたのだろう。当たったのは、遠山の左脇腹に一発だけであった。

遠山は逃げなければと思い、脇腹を押さえ走った。近くに長崎病院があるのを知っていたからである。けん銃を撃った男は、遠山にとどめを刺すことができなかったため動揺していたのだろう。急いで遠山の後を追いかけたが、病院内に逃げ込まれてしまったのである。

「遠山を撃ったが、長崎病院に駆け込まれた」

男は、その場からすぐ竜宮に電話を入れると、駐車場に止めていた白色の乗用車に急いで乗り込み、逃走したのであった。

遠山は病院に駆け込むと、待合室ロビーに倒れ込んだ。その様子を見て、外来客をはじめ病院内が騒然となった。駆け付けてきた医師に、遠山は告げた。

「けん銃で撃たれた」

医師も遠山が押さえている脇腹から出血していたので、状況を察し急いで手術室に入れ治療に当たったった。

病院関係者が一一〇番通報をして、数分もしないうちにサイレンを鳴らした何台ものパトカーが病院に到着した。病院ではすぐ治療に入ったが、この病院では対応しきれないと判断し、新都心大学病院へ転院することになったのである。

午後六時過ぎに、遠山は救急車で運ばれることになった。ストレッチャーに横たわった遠山を、救急隊員が病院入口に止めた救急車まで運んだ。その際、警察官に交じって大勢の暴力団員がストレッチャーに近づき、声をかけてきた。

「遠山さん、大丈夫か？」

「誰にやられた」

長崎町にある中神会事務所にいた組員が、大勢駆け付けてきたのである。遠山が生きているのか死んでいるのかを確かめるためであった。

その後、遠山は救急車で新都心大学病院に搬送されて行った。遠山が生きているという情報は、すぐ配下の組員からホテルにいる中神に伝えられた。


この豊島事件の犯行状況も明らかになってきたことで、中神とその配下の者が遠山を殺害した疑いが、さらに強まった。

遠山殺害後も中神会の襲撃は止まらず、捜査本部が開始して間もない三月初旬に、また佐野一家総長宅を襲撃した。その時は、中神を筆頭に竜宮、小巻などが犯行に加わった。四トントラックの荷台に、鉄工所で作った火炎放射器を載せて行った。放射器にはノズルが付いており、ガソリンを放射して総長宅を焼き払う計画であった。

塀越しに火炎瓶を投げ入れ、発火させた。しかし、火炎放射器ではガソリンを放射しただけで、火をつける前にまた組員に見つかってしまった。急いで逃げるも組員に

追跡され、放射器を積んだトラックを農道に捨てて、逃走して来たのであった。また
しても失敗であった。

聞き込み・鑑識活動
―吸い殻が後日実を結ぶ

病院付近における聞き込みを行った結果、事件当日の朝、中神が病院前からタクシーに乗り、立ち去ったとの目撃情報を得たことから、タクシー運転手に話を聞いた。その結果、中神は池袋のホテルに戻ったことが分かったが、実行犯に関する目撃情報は全く得られなかった。

また、綿密な鑑識活動の結果、病院の裏手北東の路地からタバコの吸い殻を五、六本、植え込みからは二種類の足跡痕（スニーカー痕）を採取した。集中治療室内からは弾丸の破片を数個採取したが、塀や窓ガラスなどから照合できる指紋は採取できなかった。

大通りに面した店舗などの防犯カメラを精査しても不審な車両は映っていなかったが、午前七時から一〇時の間に本郷通りや白山通りを通行した車両はすべて、Ｎシス

テム（自動車ナンバー自動読取装置）において把握した。犯人が、このNシステム設置場所を車で逃走していれば、後日照合できることになる。

以上のような捜査結果を得て、二〇日間続いた第一期捜査期間が終了したのである。

専従員体制 ——犯人を逮捕するまで終わりはない

第一期捜査期間が終了し、招集された捜査員は、それぞれの所属に帰って行った。

以後、捜査本部は縮小され、専従員体制となった。管理官指揮のもと、広域暴力団対策係柚木班が主力となり、千駄木署、豊島署などから派遣された捜査員で、引き続き事件の捜査に当たることになった。


新たに捜査班が編成された。デスク担当には、四課高杉主任、千駄木署花村部長、千駄木署駒田刑事（巡査長）が指定された。デスク担当の仕事は、係長の補佐、捜査会議進行、捜査指示、令状請求、その他、サポートの仕事は何でもである。

続いて、四課門野主任と豊島署中山部長、四課森谷主任と四課福田部長。千駄木署桜平係長と千駄木署生田部長、豊島署伴野部長と豊島署平沼刑事（巡査長）、組対三課熊澤主任と豊島署大林刑事（巡査長）、豊島署西川部長と千駄木署藤林部長がそれぞれ指定され、柚木係長以下一六名体制となった。
各捜査員の性格や信条は次の通りである。

柚木係長（五六歳）「温和、部下を信頼、臨機応変」
高杉主任（四八歳）「温和実直、諦めない心意気」
花村部長（三〇歳）「明るく、怜悧、気配り上手。紅一点」
駒田刑事（二六歳）「明朗快活、腰軽く、頑張り屋」
門野主任（四八歳）「機知に富み、正義感強し」
中山部長（四五歳）「実直明朗、気力旺盛」
森谷主任（四八歳）「口数少なく、質実剛健」
福田部長（四五歳）「陽気饒舌、意欲的」
桜平係長（四五歳）「明朗快活、心に芯が通っている」
生田部長（四六歳）「明朗活発、気配り上手」
伴野部長（四六歳）「気合十分、熱血漢」

平沼刑事（三〇歳）「温和実直、粘り強し」

熊澤主任（四七歳）「柔和実直、泰然自若」

大林刑事（三〇歳）「明朗快活、一生懸命」

西川部長（四三歳）「温和、好人物、意志強し」

藤林部長（四六歳）「陽気、和ませ上手、エネルギッシュ」


これらのメンバーが専従員である。

今後の捜査に当たり、これまでに分かった捜査結果の再確認を行った。デスクの高杉主任から、今回の事件の経緯が説明された。


本件は、対立抗争でなく、中神会の内部犯行である疑いが濃厚です。

犯行現場に居合わせた医師、看護師や病院で警戒に当たっていた豊島署の刑事から、当時の状況を聴取しました。

遠山が運ばれた新都心大学病院の集中治療室は、個室が八室あり、ベッドが二七個あります。ベッドは、それぞれカーテンで仕切られています。

集中治療室の出入口から遠山のベッドは見えませんし、医師や看護師の許可なく集中治療室内には誰も入れません。

さらに前日の夜に、姉夫婦が遠山との面会を終えた後、遠山のベッドを北東隅に移しました。このベッドの位置を知り得るのは、医師、看護師以外、事件当日の朝に面会した刑事と中神だけです。

中神は遠山と面会した後、急いで病院を出ています。そして病院前で集中治療室のほうを見ながら、誰かと携帯電話で話をしていました。その姿は、豊島署の刑事が目撃していますし、タクシー運転手も目撃しています。その中神が帰った直後に、何者かが窓ガラスを割り、けん銃で遠山を殺害したのです。

犯人は、当然中神の命令を受けた者であり、中神の配下の者と思われます。しかし現在まで、逃走した犯人に関する目撃情報がありません。

本件犯行に至った発端は、皆さんの手元にあるチャートの通り、半年前に浅草の寿長明院で発生したけん銃発砲事件と思われます。

当時、寿長明院では、湊連合会北澤会幹部の通夜が行われていました。その席上で錦城会佐野一家串田総業の者二名がけん銃を発砲し、北澤会会長と笹塚一家総長を射殺しています。犯人は捕まりましたが、当時中神は風紀係として、参列者の中に紛れ込んでいた串田総業の者を発見できなかったことで自責の念を感じていたようです。

　また、警察官がいる前での犯行であるとはいえ、捕まえて事務所に連れ込んだ犯人を警察へ引き渡したことで、周りから「なんで警察へ引き渡したんだ」などといった非難を受け、屈辱を感じていました。その屈辱を晴らすためにも、佐野一家総長宅や串田総業の串田組長への報復を計画したと思われます。

　さらに、湊連合会と錦城会の話し合いで、佐野一家は絶縁解散を命じられたにもかかわらず、その後も一本独鈷としてヤクザ稼業を続けていたことに、怒りを感じました。

　それ以外にも「湊連合会は、親分が二人も殺られたのに、釣り合いが取れないではないか」という声が、中神の報復への決意を後押ししたようです。

　決意すると、中神は配下の者を連れて、佐野一家総長宅や串田総業事務所の下見を行いました。その後、日光にある温泉ホテルで団結式をやったのです。その時のメンバーは、遠山が所持していた写真に写っています。その席で、遠山が襲撃の責任者を任されたのです。

　遠山の性格からして、責任者を断れなかったのだと思います。その後、遠山は襲撃に加わりましたが、失敗しました。さらに「今後は襲撃に、バズーカ砲を使おうか」など言う者がいて、遠山は戦争のようだと思い嫌気がさし、中神に「責任者を下ろしてくれ」と頼みました。しかし、最後まで襲撃をやり遂げる決意でいた中神は、遠山の脱退を許さないばかりか、もし遠山が警察へ話せば皆逮捕されてしまい、自分の屈辱も晴らせないと思い込んで、口封じのため殺害することを企てたと思われます。

詳細については、各自チャートを読んでください。ですから、これからの捜査は、中神とその配下の者の内部犯行と思って捜査に当たってください。

その後、柚木係長からも指示があった。

「今、高杉主任が説明した通り、本件犯行は内部犯行に間違いないと思います。中神が犯行を命令したものと思われますが、確たる証拠は何もありません。特に実行犯についての情報がありません。これからは、病院から半径三〇〇メートルに絞り、その範囲内にある一般宅、会社などに対して、再度聞き込みを実施してください。特に今まで聞き漏らした人がいたら、その人から必ず聞き込んでください。豊島事件も捜査しなければなりませんが、宜しくお願いします」

大筋の方針が決まり、専従員の捜査が始まった。

通話明細分析
――実行犯人が浮上する

遠山のベッドの位置を確認した中神が、本件犯行に関与しているのは間違いない。病院を出てからすぐ電話した相手は、配下の者だろう。自分より上の者に命令するはずがない。高杉主任はそう考え、中神をはじめ配下組員が使用する携帯電話の通話明細を早急に差し押さえ、分析することにした。

早速、組対三課の暴力団情報担当係や各方面から、組員らが使用する携帯電話番号を入手して、その通話明細を差し押さえ、デスク班を中心に分析を開始した。

中神の通話明細を分析した結果、事件当日の朝、病院を出てから電話したと思われる相手は、通話時間と照合したところ、中神会竜宮組組長の竜宮と判明した。さらに、竜宮とは事件前後、頻繁に電話していることも分かった。その他に頻繁に電話しているのは、配下幹部の小巻、中尾、土橋や犬塚組長らであった。また、本事件前には当然、遠山との通話履歴もあり、中神は二台の携帯電話を所持し、使い分けていることも分かった。そのうちの一台は、飛ばし（他人名義）の携帯電話であった。

竜宮の通話明細を分析したところ、中神と頻繁に電話している以外に、一ノ瀬とも頻繁に電話しているのが確認されたが、事件当日の通話は、朝の早い時間帯一回のみであった。中神と一ノ瀬間における通話履歴は、ほとんど確認できなかった。

一方、遠山の通話明細を分析したところ、豊島事件の前日と前々日に、板橋警察署の刑事に電話していることが判明した。その刑事はすでに退職していたが、会って本件の話をした。

「そうでしたか。私が電話に出られれば、殺されることがなかったかもしれませんね。実は遠山から電話があった時、定年退職前で海外旅行に行っていたのです。遠山とは二年前に、ある事件をきっかけに知り合ったのですが、ヤクザにしては義理深い男でした。何度か会ったこともあります。仲間に殺られることになり、どんなに無念だったかと思います」

遠山が刑事と話ができなかったことが、悔やまれた。もし、刑事と話をしていたら、今回の事件は起きなかったかもしれないのだ。

これらの分析結果から、本件実行犯の一人に竜宮が浮上した。その後もデスク班は、膨大な量の通話明細の分析に力を注いだ。

似顔絵作成

―実行犯人は二人か？

聞き込みに当たっていた森谷主任と福田部長が、病院近くの住民から犯人に関する重要な目撃情報を得た。目撃した人は病院の裏手に住んでいる五〇代の女性で、犯行当日の様子を話してくれた。

「朝、家の前を掃除していたところ、病院の裏路地を斧のようなものを持った男が走って来たかと思うと、続けざまにもう一人の男が走って来るのを目撃しました。二人は近くの駐車場に止まっていた車に乗り込むと、急発進して走り去って行きました。色はシルバーで、小さい車だったと思います。斧を持った男は背が高くて若い感じでしたが、後から走って来た男は年配に見えました」

実行犯に関する有力な情報であったが、どうして今までこのような情報が上がってこなかったのか。第一期捜査で聞き込みをした日に、その女性は自宅にいなかったのだ。そのため、第一期捜査ですべての家族に対して聞き込みがなされていなかったのである。

早速、女性の目撃をもとに似顔絵が作成された。最初に走って来た男は、顔に特徴がなく全体像であったが、後から走って来た男は目が大きく、鼻の下に特徴があった。

「背の低いほうは、竜宮に似ているな」

その似顔絵を見た管理官が言った。

捜査員も同じ意見が多かった。ただ、捜査員は皆、事件当日の朝、中神が電話した相手が竜宮であると知っているから、余計にそう思えたのかもしれない。

その後、目撃した女性に写真面割りを実施したが、竜宮の写真を指し示すことはなかった。目撃したのはほんの数秒間のことであり、はっきりと顔を覚えていないのも無理はない。これ以後、竜宮に関する捜査に力を入れていった。

さらに、管理官から「もう一人の男については、あまり年齢にこだわらず捜査してくれ」との指示があり、さらに「小さい車？ そうか、軽自動車か。犯行に使用されたのは軽自動車だ。軽なら小回りが利くからな。中神会関係者の軽自動車を探し出せ」と付け加えられた。

捜査員は手分けして、中神会組員の所有する軽自動車を探した。その結果、池袋警察署の管内で中神会幹部が軽車両で交通違反をして、車を乗り捨て逃走していることが分かった。その軽自動車は警察署に保管中であり、目撃者に見せたところ「走り去って行った車と色、形がとても似ています」と話したので、その軽自動車に対する検証許可状を得て、検証を実施した。

車両内からは竜宮や一ノ瀬などに関する領収書が発見されるも、本件に関係する資料は得られなかった。また、軽車両はNシステムで把握した車両とも一致せず、犯人は、本郷通りや白山通りを逃げて行かなかったのだろうと思われた。

高速券捜査 ——指紋が襲撃犯を割り出す

豊島事件の聞き込み捜査に当たっていた門野主任と中山部長は、遠山が撃たれた時間帯に現場を通った新聞配達員から、犯人に関する目撃情報を掴んだ。

「近くの駐車場に止まっていた白色の車に、男が急いで飛び乗り、急発進して行くのを見ました。四〇代半ば、一八〇センチくらいで黒色コートの男でした」

年齢、身長、体格から「車に飛び乗った男は、中神会の土橋じゃないか」と何人かの捜査員が言ったが、確証はなかった。

その時、ひらめいたように門野主任が言った。

「佐野一家総長宅の襲撃に使用した車は、レンタカーではないか。遠山が借りているのではないか」

早速、捜査員らが手分けしてレンタカー店を調べたところ、門野主任の思った通り、遠山がレンタカーを借りていることが判明した。門野主任は、さらに意見を出した。

「そのレンタカーで遠山は、栃木県に襲撃に行っているはずだ。襲撃日の高速券を洗おう。見つければ指紋照合できる」

その意見はすぐに取り上げられた。

捜査員を二班に分け、首都高速板橋本町インターチェンジ、東池袋インターチェンジの高速券保管場所と東北自動車道浦和インターチェンジの保管場所において、高速券の捜査を開始した。門野主任、中山部長、森谷主任、福田部長、伴野部長、平沼巡査長らが捜査に従事した。

その結果、数万枚の中から、レンタカーとそれに前後する車両に乗っていた者が使用した数枚の高速券を、発見した。これを鑑識に回したところ、遠山と竜宮の指紋が検出され、二人が襲撃事件に関与していたことが明らかになったのである。

竜宮の逮捕取調べ1　―一冊のノートが命取り

五月に入り、捜査本部は、署の敷地内にあったプレハブ建ての別館へ移動した。長い間、捜査本部が講堂を使っていたので、千駄木署員が会議などの場所に不便を感じていたからである。

プレバブ別館は平屋建てで広くはないが、窓際に書類棚を作り長テーブルを並べると、二〇人ほどが座れた。

引っ越し作業は一日かかった。引っ越してから間もなくして、栃木県内において二月下旬に発生した襲撃事件に使用されたけん銃の弾丸と、豊島事件で使用された弾丸の線条痕が一致するとの鑑定結果が出た。なんと遠山は、自分が襲撃に使ったけん銃で撃たれたのであった。

ちなみに線条痕とは、銃身の内側にらせん状の溝を施された銃から、発射された弾丸についた銃身内の溝あとのことで、それを見れば発射された銃が特定できるのである。

このことから、五月末に警視庁と栃木県警察との共同捜査本部が確立された。栃木県警察宇都宮署捜査本部から、山城課長補佐、桜本係長、他数名が千駄木署の捜査本部にやって来た。

柚木班は、中神らが日光の温泉ホテルで団結式をやったことや、そのメンバーなどに関する情報の他、中神会に関して掴んでいる情報を山城課長補佐たちに提供した。逆に柚木班も、山城課長補佐たちから、これまでの襲撃事件について把握した情報の提供を受けた。そして、これからも互いの事件解決に向けて捜査協力することを誓い合った。


六月に入り、管理官が捜査本部に朗報をもたらした。

「やっぱり犯人は竜宮だ。病院北側の路地で採取したタバコのＤＮＡが、竜宮と一ノ瀬に一致したぞ」

「やはり竜宮か」

捜査員全員が、納得の声を上げた。

「それと一ノ瀬か? どうりで事件当日に、竜宮と一ノ瀬の通話履歴がなかったわけだ。二人は一緒だったということだ」

高杉主任が言った。

中神会の者については全員身辺捜査をしており、竜宮と一ノ瀬の関係についてもある程度分かっていた。

竜宮は中肉中背で厳しい顔立ちをしており、義理を重んじるが頑固な一面もある。一ノ瀬は背が高くて中肉。社交的で人情に厚いが好き嫌いも強い。

竜宮と一ノ瀬の故郷は、瀬戸内海に浮かぶ島であった。一ノ瀬が二つ年上であったが、話が合いよく遊んだ仲だった。高校を出てから二人は大阪や東京で仕事に就いたが、職場になじめず転々とした。その後、ヤクザの世界に入ったのである。

一ノ瀬は的屋八木橋一家に入り、縁日で屋台を出したりしていた。竜宮は湊連合会傘下の郷田組に入ったが、郷田組は抗争で消滅し、その後、郷田組にいた中神に付き、現在まで来ている。

ヤクザになってから竜宮と一ノ瀬は音信不通となっていたが、刑務所で再び出会ったのであった。同郷のよしみで、気持ちを分かち合うのに時間はかからなかった。先に竜宮が出所し、その後、出所した一ノ瀬が竜宮を訪ねた。出所しても元の組織には戻りたくないと思っていたことを知っていた竜宮は、一ノ瀬を中神会に誘ったのである。一ノ瀬は中神会所属となったが、主に竜宮組幹部として活動していた。そんないきさつから、竜宮と一ノ瀬の絆は深かったのである。

管理官からの朗報で、捜査本部は俄然元気が出た。犯人は、中神、竜宮、一ノ瀬の三人に絞られた。

「中神会関係場所にガサ（家宅捜索）を打て」

管理官から指示が出た。

本件の犯人は三名に絞られたが、まだ犯人として逮捕はできない。殺害に使ったけん銃もハンマーも発見できていないし、中神が命令したという証拠もない。それでも、犯人として容疑があるので、ガサ状（捜索差押許可状）は請求できる。

すでに証拠物（けん銃など犯行に使われたもの）は処分されている可能性はあるが、事件解決につながる何かしらの資料が得られるかもしれない。ガサは、打ってみなければ分からないのである。特に、実行犯二人の逮捕につながるような情報が欲しかった。

早速デスクはガサ状請求の準備を始め、他の捜査員はガサ場所の内偵捜査に入った。二日後ガサ状を請求し、宇賀神一家本部事務所、中神会事務所、竜宮組事務所、犬塚組事務所、竜宮のヤサ（住んでいる家、部屋）などを捜索した。

結果として、本件に結び付くような資料は得られなかったが、門野主任が竜宮組事務所から一冊のノートと数点の資料を押収してきた。

「このノート、使えないか？　助成金の請求資料もあるよ」

ガサを終えて帰って来た門野主任が、高杉主任に言った。

高杉主任は、そのノートと資料に目を通した。ノートには、竜宮企画と取引のある会社が五〇カ所くらい載っていた。その竜宮企画について調べたところ、都の助成金制度を利用し、三〇〇万円の融資を受けていたことが分かった。押さえたノートは、融資を受ける際に取引先一覧として都の助成金機構に提出したものであった。

高杉主任は思った。

「竜宮が会社をやっていることはあり得ない。助成金を貰うために嘘の取引先を書いたのだろう。この取引先が全部嘘であることを証明すれば、詐欺で行けるのではないか。全員で取引先に当たろう」

そう門野主任に進言した。

「よし、取引先の潰しにかかろう」

「実は誰もこのノートに気づかなかったのだが、見つけて良かったよ。柚木班で何度も助成金の詐欺事件をやってきたのが役に立ったよ」

門野主任もやる気になり、笑顔でそう答えた。

「やろう。中小企業助成金機構の説得には俺も行くから」

柚木係長も後押しした。

各班手分けして取引先の調査に当たった結果、予想は見事に当たり、すべて取引先が嘘であった。

会社があっても全く取引がなく、会社自体が存在していないものもあった。詐欺事件で行けると分かり、柚木係長と高杉主任は中小企業助成金機構を訪ね、事情を説明した。助成金機構の理事長は「取引先が嘘であることを全く知りませんでした。騙されました」と話し、捜査に全面協力してくれることになったのである。

調査の結果、竜宮本人が助成金の申請に訪れていたことも分かった。竜宮を逮捕するぞ。そんな思いで捜査員は、逮捕状を請求するための報告書や供述調書の作成に力を注いだ。

高杉主任は、出来上がった逮捕状請求の書類を持ち、裁判所に行った。その結果、裁判官からは何も質問されることなく、すんなり逮捕状が発付されたのであった。

詐欺罪で竜宮を逮捕するのは、本件で逮捕するだけの証拠がないからである。この詐欺事件で起訴した後に、本件の取調べを行うためであった。このような捜査手法を別件逮捕という。殺人、放火などの大きい犯罪の取調べを行うために、それより軽い犯罪で逮捕するのである。しかし、起訴もできないような事件で逮捕し、その勾留期間内に本件を取り調べることは、違法な取調べとみなされる場合がある。

竜宮は事件後、事務所にはほとんど顔を出さなかったため、居場所を掴むのに少し時間がかかったが、女と一緒にいるアパートを突き止めた。

取調官の門野主任と中山部長を中心に体制を組み、朝一番で竜宮の逮捕に向かった。アパートに着き、付近で張り込んでいた伴野部長、大林刑事と接触した。

「先ほど女が出かけて行きました。今は竜宮だけです」

伴野部長から聞いて、二階にある竜宮の部屋を訪ねた。

門野主任が部屋のインターフォンを鳴らすと、少し間を置いて「ガチャ」とドアが開いた。竜宮吾郎、本人である。

「竜宮さんだね」

「そうですが」

顔つきは厳しく見えるが、落ち着いて答えてきた。

門野主任が警察手帳を示す。

「四課だが、竜宮さんに逮捕状が出ている」

竜宮は一瞬驚くような顔をしたが「なんの件ですか」と言ってきた。

「助成金の詐欺だよ」

そう言うと、怪訝そうな顔をしながらも「分かりました」と言い、抵抗することもなく逮捕に応じたのであった。竜宮の態度からして、いつか警察が来るのを覚悟していたように、門野主任には思えた。

逮捕後、竜宮を警視庁本部の留置場に預け、門野主任と中山部長の取調べが始まった。竜宮は、詐欺事件の取調べに対して全く否認することはなかった。

「助成金を騙し取るために、電話帳から拾った取引のない会社を載せたり、存在しない会社を書きました」

そう言って認めたが、詐欺事件なら起訴されても長くはないだろうと考えたのだろう。また、警察の狙いが詐欺事件ではないことも承知していた。門野主任と中山部長のほうも、竜宮がそう思うことは分かっていた。これから竜宮と長い戦いになると思いながら、二人は取調べに当たった。

時折、世間話を交えながら取調べは進んでいったが、詐欺事件の取調べなので極力本件に関する調べはやらなかった。しかし、全く触れないのも不自然であったので、頃合いを見て門野主任が本件の話に水を向けてみた。

「遠山を殺した犯人は分かったの？　竜宮は遠山と付き合いが長いの？」

竜宮はやはり聞いてきたかと思ったが、至って冷静に答えた、

「いや、今でも犯人は分かりませんよ。遠山とは同じ組内ですから、それなりの付き合いはありますよ」

逆にその冷静さは、心の動揺を隠しているようにも思えた。

竜宮は詐欺事件の取調べについては素直に応じ、供述調書にも署名、指印した。いくら本当のことを話しても、供述調書に犯人が署名か指印しなければ、証拠能力はないと判断される。

竜宮は起訴され、それから本件についての取調べが始まった。門野主任は竜宮の取調べを任された時、厳しい取調べになるだろうなと思った。簡単に自供するような男じゃないのである。

竜宮はヤクザになって三〇年以上が過ぎ、ヤクザ社会では筋を通す男と思われていた。中神を支えて、中神会を引っ張ってきた男である。その中神の命令を受けて本件を敢行したのなら、二度と娑婆には出られないと覚悟の上で殺ったのだろうと思われた。

しかし、そんなヤクザだからこそ、門野主任は取調官としてやりがいも感じた。竜

宮の取調べに全力を尽くそうと、肝に銘じたのであった。ただ、竜宮がけん銃で遠山を撃ったという確たる証拠がない中での取調べであった。

「遠山を殺ったのは、竜宮、お前か」

門野主任は、竜宮にいきなり直球をぶつけた。

竜宮は一瞬動揺するそぶりを見せたが、「私は殺っていません」と姿勢を正して答えてきた。

続いて門野主任は、DNAの件は伏せて畳みかけた。

「お前ともう一人が、病院裏にいたところを見られているぞ」

この時、門野主任は、故意に一ノ瀬の名前を告げなかった。

「朝方、中神からの電話で、遠山を殺るように命令されたんだろう」

竜宮は、そこまで捜査が進んでいるのかと思いながらも「私ではありませんよ」と淡々と答えてきた。

この段階では、竜宮を責める材料がなさ過ぎた。その後も本件に関する取調べを続けたが、本件の犯行を認めることはなかったのである。その後、東京拘置所へ移監され、竜宮との戦いは、次回に持ち越されることになった。

組長襲撃 ―運良く命は取りとめた

栃木県下において、しばらく襲撃事件はなかった。

だからといって、中神たちが襲撃を諦めたわけではない。佐野一家総長宅に対する連続の襲撃で、栃木県警察の警戒が厳しくなったため、しばらく間を置くことにしたのである。

また、栃木県警察と警視庁の捜査状況が気になり、様子を見ることにした。加えて、中内本部長がガンを患い入院したことで、見舞いに行くことが多くなるとともに、組織上の仕事も忙しかったのであった。

その中内本部長が生きている間に、佐野一家総長や串田組長のタマを取りたかったが、その前に本部長は他界してしまった。

他界する前、本部長から言われた。

「中神、襲撃は無理しなくていいぞ。お前一人だけが身体をかけることはないよ。いろいろ気づかってくれてありがとうな」

涙しながら聞いたその言葉が、本部長との別れであった。

自分を思っての言葉だと思い、うれしかった。だからこそ、なんとしても襲撃を成功させたいと思ったのである。

そして、警視庁と栃木県警察の捜査がまだ自分の身辺に及んでいないことを知ると、また襲撃する決意をし、今度は襲撃先を佐野一家総長から串田組長に変えたのであった。

まず、出撃拠点として宇都宮市内にアパートを借りることにした。しかし、暴力団員が借りたことが知れると警察に連絡されると思い、昔から付き合いのある鉄工所の社長にアパートを借りてくれるように頼んだ。社長も中神をヤクザと知って付き合ってきたこともあり、断ることはできずアパートを借りてやった。

その後、襲撃に使う車や追跡用のオートバイ二台などを準備し、体制を整えた。さらに、串田組長の行動を知るため、今市市内に住む元錦城会傘下の組長に金を投げ、協力を取り付けた。

その甲斐あってか、串田組長が一〇月半ば、那須高原にゴルフに出かける情報を掴んだのであった。そのゴルフ帰りを襲うことにした。

ゴルフを終えた組長は、配下を引き連れ、那須街道を自宅に向かって走っていた。愛用の外車を配下の者が運転し、組長は後部座席に乗っていた。すると、後ろから一台の白い車が迫ってきた。組長も運転手も、その異変に気づきスピードを上げた。組長は襲撃に敏感になっていたため、後ろから撃たれないように座席に沈み込み、身構えた。

白色の車は、猛スピードで並びかけてきた。あわや接触するかと思われた瞬間、けん銃を構えた男二人が、窓から身を乗り出し後部座席の組長目がけて、けん銃を数発発射したのであった。

発射すると、白色の車は猛スピードで逃走して行った。組長は肩を撃たれて重傷であったが、事前に察して身構えていたこともあり、運良く命は助かった。

中神会からすれば、また失敗であった。三度目の失敗である。

栃木県警では、串田組長が生きている限り、また襲撃してくるだろうと思い、犯人割り出しに全力を上げるとともに、佐野一家総長宅に加えて串田総業事務所の警戒も強化した。

恐喝犯人の逮捕

―ホシはいつでも逃げるもの

一方柚木班でも、少しずつ捜査は進んでいった。本犯（中神、竜宮、一ノ瀬）に少しでもつながる情報を得るため、各警察署で中神会関係者の逮捕事件があれば、起訴後の取調べを行えるよう便宜を図ってもらった。

そんな状況下で、二つの逮捕劇があった。

一つは、中神会傘下組織の幹部伊吹（四〇歳）の逮捕であった。伊吹については「この店で寿司を食ったら、食中毒を起こして入院した。治療費と慰謝料を出せ。出さないと保健所に言うぞ。店がどうなってもいいのか」と寿司店の店長を脅し、三〇万円を取った件で、豊島署が恐喝罪で逮捕状を取っていた。その事件を豊島署から、柚木班が引き継いだのである。

豊島署の伴野部長、平沼刑事が取調べを担当することに決まった。朝七時に捜査本部に集合し、体制を取り逮捕に向かった。柚木係長、デスク班も全員早朝出勤した。高杉主任も逮捕に同行することになった。

するとその日、管理官も朝早く捜査本部に顔を出した。珍しく運転担当の川田部長を連れて来て言った。

「主任、川田部長も逮捕に連れて行ってくれ。犯人は大きいのだろう。きっと役に立つよ」

確かに、伊吹は一八〇センチでガタイ（体格）の大きい男だった。特に腕力が強く、腕相撲大会で優勝したこともあった。だが捜査本部の部屋に入って来た川田部長（三二歳）は、さらに大きかった。身長一九〇センチ、体重一〇〇キロ、柔道五段である。体育大学出身で、オリンピック候補に挙がったこともある。組対四課柔道部の大将であった。

川田部長は頭を低くして部屋に入って来ると、「主任、よろしくお願いします」と挨拶をした。

「こちらこそ、よろしく。頼むよ」

高杉主任も川田部長に近づき、挨拶を交わした。

壁のようである。川田部長の顔を見上げた。相変わらず大きいなあと、つくづく思った。と同時に、川田部長の額に縦の傷があるのに気が付いた。

「その傷どうしたの？」

高杉主任が聞くと、川田部長は自嘲気味に笑いながら言った。

「いやあー、ちょっとぶつかりました」

「川田部長は、大した男だよ。電柱にぶつかっても生きているんだから」

管理官が笑いながら言った。

管理官の話によると、川田部長は一月ほど前に福岡の実家に帰ったそうで、その折、車で農道を走っていたところ、周りの景色に気を取られて電柱とケンカしたらしい。車は大破したが、本人は額を切って一〇針縫っただけで、身体はなんともなかったのだとか。

高杉主任には、その傷跡が三日月のように見えた。それを察したのか、管理官が冷やかした。

「これから川田部長を、三日月部長と呼んでやって」

その三日月部長の応援を得て、高杉主任以下六名は伊吹の逮捕に向かったのである。伊吹は新宿職安通り沿いのマンションに、女性と二人で住んでいた。マンションの下に着くと、前日から張り込みをしていた藤林部長と大林刑事が車の中で待っていた。

「伊吹は昨夜一一時に帰り、その後マンションを出ていません」

藤林部長から報告を受け、高杉主任らはマンション一〇階にある伊吹の部屋に向かった。一〇階から逃げられることはないと思ったが、念のため川田部長と大林刑事にマンションの下で待機してもらった。

伴野部長が部屋のインターフォンを鳴らしたが返事がなかったので、もう一度鳴らした。

「はい。何でしょうか?」

中から女性の声がした。

「豊島警察署の者です。伊吹さんに用があります。開けてください」

伴野部長は話した。

「ちょっと待ってください。今開けますから」

少し間があったが、女性から返事があった。

一分くらい過ぎたろうか、当然開けると思っていたが開けてくれない。嫌な予感がした。高杉主任がドアを数回強く叩き、急かした。

「早く開けてください。ドアを壊しますよ」

「分かりました」

女性がドアを開けたので尋ねた。

「伊吹さんはいますか」

「いません」

いないはずはなかった。昨夜、藤林部長らが送り込んでいたからである。

伊吹に対する逮捕状と捜索差押許可状を示し、「部屋を見せてもらうよ」と言って部屋の中を探したが、伊吹はいなかった。焦った。押入れにもトイレにもいない。

布団が二つ敷いてあったので、高杉主任は布団のぬくもりを確かめた。二つとも温かい。ちょっと前まで伊吹は寝ていたはずだ。女性を問い詰めようとしたその時、ベランダを探していた平沼刑事が大きな声を上げた。

「いました。伊吹がいました」

捜査員は皆、急いでベランダに出ると、平沼刑事が指さしているマンションの下を見た。すると、道路にパジャマ姿の伊吹が仰向けに寝ている。その側で川田部長が手を振って立っていた。

先ほど伴野部長が「豊島警察署の者です」と言ったのを聞いて、女性はすぐに寝ていた伊吹に知らせたのである。伊吹は警察と聞いて、すぐさま飛び起き、パジャマ姿のまま急いでベランダに出た。その間、女性は「ちょっと待ってください」とドアの外にいる捜査員に答え、時間稼ぎをした。ベランダに出た伊吹は、ちょうど届くところにあった雨どいに両手でしがみつき、腕の力で少しずつ下へ下へ降りて行ったのである。

伊吹は逃げるのに夢中で、下に川田部長が待っているとは思っていなかった。川田部長は雨どいを伝わって降りてくる伊吹を見つけて、その下で待ち構えていた。伊吹は降りて振り向くと、自分より大きな男が立っていたので驚いた。それでも押しのけて逃げようとしたので、川田部長に投げられてしまったのである。

伊吹が右手で殴りかかるようにしてきたので、川田部長はすかさずその手を掴み弧を描くように投げた。一本背負いである。伊吹は、背中から地面にたたきつけられたのであった。

「うう、ああ」

伊吹は唸り声を上げたが、それほど怪我はしなかった。川田部長が地面に落ちる伊吹の右手をしっかり持っていたからである。

高杉主任らは急いでマンションの下に降りた。伊吹は、まだ唸って寝ていた。その後、高杉主任らは伊吹を逮捕し、豊島警察署へ同行した。

伴野部長、平沼刑事が取調べを担当した。伊吹は取調室に入ると、伴野部長に頼んできた。

「背中が痛い。病院に連れて行ってくれ」

「それは、お前が逃げるからだろう。自業自得だよ」

伴野部長は打ち身程度と思っていたので、そう言ってたしなめ、逮捕事実を告げた。

「恐喝の事実は認めるのか、認めないのか」

「認めます。自分がやったことに間違いありません。ですから早く病院へ連れて行ってください」

そう言って伊吹は、あっさりと恐喝した事実を認めたのであった。

伴野部長は本人の弁解を調書にまとめると、伊吹を病院に連れて行った。取調べは、病院から帰って来てから行うことにした。

一方、高杉主任らは、伊吹を豊島警察署に同行した後、捜査本部に戻って来た。そして、逮捕劇の顛末を管理官、柚木係長に話した。それを聞いた管理官は、大笑いして言った。

「そうか。やはり三日月部長は役に立ったか」

伊吹を調べた伴野部長と平沼刑事は、恐喝事件を認めさせ起訴に持ち込んだ。

しかし本件に関する取調べに対して、伊吹は「誰が遠山を殺ったのか、私には分かりませんし、聞いてもいません」の一点張りで、遠山殺害に関する情報は得られなかった。

傷害犯人の逮捕
―そこまでして逃げたいのか

もう一つの逮捕劇は、中神会傘下組員飛田の逮捕である。飛田（二五歳）は、千駄木駅前の路上で、飲んで帰る途中のサラリーマンと肩がぶつかったことから口論となった。その際、サラリーマンから文句を言われたことに腹を立て、顔面を数回殴りつけ怪我を負わせたのである。千駄木署から傷害罪で逮捕状が出ていた。

この飛田も中神会の者であり、柚木班が逮捕し取り調べることになった。逮捕には、森谷主任、福田部長、西川部長、藤林部長が向かった。

場所は足立区内にあるアパートで、その二階に飛田は一人で住んでいた。朝早く捜査本部に集まり、準備をしてアパートに向かった。

アパートに着き、近くの駐車場で前日から追い込みを担当していた平沼刑事、大林刑事と合流した。

「飛田は深夜〇時頃に帰り、寝ているはずです」

二人から報告を受け、アパートの外階段を上がり、部屋に行ってみた。

後で分かったことだが、福田部長はお化けや幽霊にはすこぶる弱かったのだった。同行後、西川部長と藤林部長は飛田を調べたが、傷害事件については認めるも、本件に関しては「私は分かりません」と言い、伊吹同様、本件に関する情報は得られなかった。

スナック乱射事件
——戦慄の銃弾

遠山殺害の犯人は、中神、竜宮、一ノ瀬に絞れたが、逮捕できるまでの確たる証拠は得られず、年が明けていった。

そして一月下旬、世間を震撼させる事件が、宇都宮市で発生したのである。

中神は度重なる襲撃の失敗で、苛立ちを募らせていた。佐野一家総長宅を襲撃してから、早一年近くなる。その間、串田組長に怪我を負わせただけで、タマ（命）が取れないでいた。ここのままでは、串田を殺る前に警察に捕まってしまう。

屈辱を晴らせず、刑務所に入らなければならない。そう思うと、早く決着をつけたいと焦ったのである。半年前に、亡くなった中内本部長のためにも、やり遂げなければばならないと思った。

中神は串田組長一人に狙いを定め、その行動を徹底して洗った。その結果、組長が月に何度か宇都宮市内のスナックに出入りしているという情報を掴んだのであった。

中神は、ここしかないと思った。スナックに入れば逃げ道はないし、入口から押し込めば確実に仕留められる。スナックにかけることにした。

そうと決まれば、実行部隊を考えなければならない。スナックには串田の配下も来るだろうから、一人で殺るのは無理だ。二人は必要だろう。それで中神は、寿長明院事件で、共に悔しい思いをした小巻と中尾に、白羽の矢を立てた。

小巻も中尾も共に三〇歳であり、ヤクザとしては、これから活躍し名を上げたいと思う歳である。二人はヒットマンに選ばれ、覚悟を決めなければならなかった。ヤクザ社会では親分の命令は絶対であり、逆らうことは許されない。特にこの襲撃は、絶対やり遂げなければ終わらないと思った。もしヒットマンを断れば、遠山の二の舞になるのは間違いないだろう。自分たちも逃げ場はないのである。二人は覚悟を決め、襲撃の日に備えた。

これまでけん銃など撃ったことがない二人は、日光男体山の山中で試し撃ちを行った。大木に向かって撃ったが、当たらない。何発も試し撃ちした。そして、とうとう襲撃の日がやって来たのである。

その日、小巻と中尾は、犬塚組の配下二名と一緒に宇都宮のアジトにいた。夜の一〇時頃、中神から電話があった。

「今、串田がスナックに入ったと、土橋から連絡が来た。スナックの近くに行って、土橋たちと連絡を取れ。頼むぞ」

とうとう来たかと思い、小巻と中尾は襲撃の準備をした。

二人は自分たちが殺られた時のことを考え、真新しい下着に着替えた。すでに用意されていたけん銃を、ジャンパーのポケットに入れると、顔を知られないようにヘルメットを被ることにした。

それでも、すぐには出発しなかった。二人とも、これで二度と娑婆に戻れなくなるかもしれないと思うと、母親や家族の顔、子供の頃の思い出などが、走馬灯のように脳裏を駆け巡った。どうしてこうなってしまったんだろう。これが俺の人生なのか。身の回りのものを整理しながら、二人はそんなことを考えていた。

そんな思いを巡らせていると、犬塚組の者が言ってきた。

「俺たちがスナック近くまで送って行くよ。その後、宇都宮インターの東京方面入口で待っているから、必ず来いよ」

小巻と中尾は準備を終え、外に出た。

外は冷えて、すこぶる寒かった。二人は、犬塚組の者が運転する車でスナックに向かった。

スナックは、宇都宮市街地から少し外れた閑静な住宅街にあった。一〇分ほど走り、スナック近くの交差点で止まった。そこに、土橋が車の中で待っていた。

土橋は助手席に座っており、運転席には中神会傘下組織の山口がいた。スナックは、交差点先の路地を左に入って二〇メートル進み、角を曲がった先にあった。

小巻と中尾は、車から降りて土橋の車に乗り込んだ。土橋が状況を話してきた。

「串田は、まだスナックの中にいる。店の外にボディガードが一人いて、店前に止めた車に入ったり出たりしている。ただ、店の中には一般客もいるかもしれない」

それを聞いて、小巻はまずいと思った。

一般客を巻き込んだりしたら、本当に娑婆に戻れなくなる。それに、ヤクザだからといって、一般人を巻き込むのは許されることではないと思った。

小巻は、中神に電話した。

「着きましたが、スナックには一般客がいるそうです。まずいですよ」

「一般人？ いない、いない。いるのは串田の仲間だ」

中神の頭には、今しか串田を殺るチャンスはないとの思いしかなかった。小巻は、仲間が店の中にいるのなら撃ち合いになるかもしれないと思った。

「それじゃ、撃ち合いになってしまいます」

「いいから殺れ。殺るんだ」

中神は強い口調で小巻に命令した。

小巻は覚悟するしかなかった。もう行くしかないと腹をくくり、中尾にも中神の命令を伝え、促した。

「行くぞ」

中尾も従うしかなかった。

二人はジャンパーのポケットに入れたけん銃を確かめ、ヘルメットを持って外に出た。

車の中から土橋が言った。

「ここで待っているから。殺ったら逃げて来いよ」

住宅街は寝静まり、外は暗く冷え冷えとしている。所々にある電柱の灯りだけが、暗い路地を照らしていた。

二人は交差点の先の路地を入り、スナックのほうに歩いて行った。

なんて寒いんだと思い、ジャンパーのチャックを首まで上げた。スナックから一〇メートル手前まで進み、曲がり角に差しかかると、角からスナックを見た。

ボディガードが一人、店前に立っているのが確認できた。まだ、串田は店の中にいるな。小巻と中尾はヘルメットで顔を隠した。心臓が高鳴り、興奮している自分を感じた。

けん銃を取り出し、静かに素早くボディガードに近づいた。すると薄明りの中、ボディガードは二人の姿に気づき、組長に知らせるため店のドアを開けようとした。

その時、小巻がけん銃を数発発射した。

「パン、パン」

乾いたけん銃の音が住宅街に響き渡り、撃たれたボディガードは、その場に崩れ落ちた。

その後、小巻は、けん銃を構えたままスナックのドアを勢いよく開け、中に飛び込んだ。中尾が続いた。カウンターに客が、四、五名いるのが分かった。

一番奥に、串田組長がいるのを確認したその時である。ヘルメットが急に曇りだし、店内が全く見えなくなってしまったのである。寒い外から、急に暖かい店内に入ったからであった。

見えない。

小巻は焦った。

撃たなければ撃たれる。

恐怖にかられた。

一般人がいるかもしれないとの思いは、頭から消えていた。

店内にいる者は皆、串田の仲間だと思って、カウンター目がけてけん銃を乱射した。

その音に引っ張られるように、中尾もけん銃の引き金を引いた。狭い店内に爆竹のような銃声が響いた。

「バン、バン、バン、バン……」

撃ち終わると二人はスナックを飛び出し、交差点まで一目散に走って逃げ、土橋の車に飛び乗り、アジトまで戻って来た。その後、二台のバイクで宇都宮インターを目指して疾走した。

宇都宮インター入口に着くと、近くの草むらにオートバイを乗り捨て、待っていた車に乗り込み、東京に逃げ帰ったのであった。

スナック周辺の住宅街は、騒然となった。

何台ものパトカーや救急車のサイレンが、深夜の静けさを破った。寝ていた住民は、何事が起こったかと飛び起き集まって来た。そして、スナックでの事件を知ると、恐怖で身体が震えた。

狙われた串田とその客二名は重傷を負ったが、命は取りとめた。串田は外の銃声を聞いて危険を察知し、小巻らが飛び込んで来たのと同時に椅子から降り、身をかがめたのであった。しかし、カウンターの入口近くにいた一般人三人と、店の外にいたボディガードが殺されてしまったのである。本当に痛ましい事件である。

この事実が報道されると、世間は震撼するとともに、犯人にこの上ない憤りを感じた。誰もが、このような犯罪を許してはならないと思った。

栃木県警察の怒りも頂点に達し、県警察本部長の檄が飛んだ。

「栃木県警察の総力を挙げて、犯人を必ず検挙するように」

その下命を受けて、宇都宮警察の捜査本部に続々と捜査員が投入された。

「残虐非道の事件です。このような犯罪は、絶対検挙しなければなりません。襲撃事件を含めて、あらゆる法律を駆使して犯人を検挙するように」

組織犯罪対策第一課長も、捜査員を叱咤激励した。

酷いことをするものだ。許せない。必ず検挙してやる。捜査員の指揮を取る山城補佐や筆頭の桜本係長、以前から捜査に従事していた捜査員らも心に誓った。

柚木班もこのスナック事件を知り、衝撃を受けた。

何の罪もない一般人を巻き込んだ冷酷な犯人に対し、捜査員全員が憤りを感じた。そして、まだ串田組長は生きており、一刻も早く中神らを逮捕しなければ、再び犠牲者が出てしまうかもしれないと思い、本件犯人の検挙に向け気持ちを新たにしたのである。

一方、スナック襲撃を命令した中神は、長崎町の事務所でテレビに見入りながら、土橋からの連絡を待っていた。小巻と中尾は、串田を殺ったのだろうか？

〇時前、携帯電話が鳴った。土橋からである。

「小巻たちが、串田を撃ちました」

「それで、串田は死んだのか」

「分かりません。確認が取れません。ただ、小巻も中尾も、店に串田がいたと言ってます。二人は今、犬塚組の者が運転する車で東京に向かっています」

「分からない？　確認が取れない？　串田は死んだのか？　どうなんだ」

中神は苛立ち、落ち着かなかった。

その時、見ていたテレビに深夜の速報ニュースが流れた。

「宇都宮市内のスナックで銃撃があり、大勢の負傷者が出たようです。周辺は騒然としています」

しかし、串田が死んだかどうかは分からなかった。

中神はイライラしながらテレビに見入ったまま、小巻と中尾が戻って来るのを待った。

三時頃、小巻と中尾が戻って来た。中神は二人に聞いた。

「どうなんだ、串田を殺ったのか？」

小巻が答えた。

「分かりません。串田がカウンター奥にいたので撃ちましたが、死んだかどうか確認できませんでした。すみません」

「スナックに何人いたんだ。仲間がいたのか」

「カウンターに五人くらいいた気がします。皆、仲間だと思って、その者たち目がけてけん銃を撃ちました」

中尾が付け加えた。

「店に入ったら急にヘルメットが曇ってしまい、カウンターの客が見えなくなってしまったのです。ですから、串田に当たったかどうか確認できませんでした」

それを聞いて中神は仕方ないかと思い、それ以上聞くことをやめたが、朝一番のニュースを見て仰天した。

「宇都宮のスナックで、昨夜一一時過ぎに発生したけん銃発砲事件で、撃たれて病院に搬送された方で、四名の方が亡くなりました。亡くなった方は、一般人三人と暴力団組員一人です。一般人は、男性二人と女性一人です」

中神は自分の責任を忘れて、目の前にいた小巻と中尾に対していきり立った。

「お前ら、なんてことをしたんだ。女性がいることが分からなかったのか」

もう終わりだ。死刑は免れない。

中神の身体から血の気が引いていった。

それでも、実行犯の小巻と中尾が捕まらなければ大丈夫だろうと短絡的に考え、数日後、二人をタイに逃亡させたのであった。

岩峰係長着任 ―情熱は岩をも通す

三月に入り、人事異動で柚木係長の後任が捜査本部にやって来た。

係長の異動に当たり、管理官から「次は、どんな係長がいいか」と高杉主任は聞かれていた。本件捜査は発生から一年を経過していたが、なかなか犯人に直結する決め手がなく、犯人が中神、竜宮、一ノ瀬の三人と分かってきていただけに、もどかしい思いをしていた。

高杉主任は、その状況を打破するような事件に強い係長がいいと思い、「事件捜査に強い係長がいいですね」と答えた。

その思いが通じたのかどうか、やって来たのは岩峰係長（五六歳）であった。岩峰係長は、詐欺、横領、贈収賄などの犯罪を担当する捜査二課での経験が長く、本格的な暴力団事件捜査は初めてであった。頭頂部の髪は薄いが、両サイドの髪の毛は頑張っていた。

係長は着任早々、今までの膨大な捜査資料に目を通す毎日となった。一年分の捜査資料を把握するのは容易なことではない。集中力が必要とされる。それでも、何日か過ぎると事件全体を把握し、総合的な時系列の図を作成した。通話明細の分析結果や、それまで把握した中神、竜宮、一ノ瀬、配下の者の行動を、時系列にまとめたのである。

その時系列により、事件の全体の流れが分かりやすくなり、犯人は中神、竜宮、一ノ瀬の三人に間違いないとの思いが一層強まったのである。

「情熱、情熱、情熱は岩をも通す。しかし、焦るな、マイペース、マイペース」

それが岩峰係長の口癖であった。

事あるごとに、この言葉をかけて捜査員たちを激励した。

警視庁五番目の男 ―凄い男がいたもんだ

先に四課の大物、川田部長の話をしたが、組対三課にも大物がいた。三課から派遣になっていた熊澤主任である。

熊澤主任は、身長一七〇センチ、体重一三〇キロ、胸囲一四〇センチ、半端ない腕と足の太さで、すべて規格外であった。そんな熊澤主任だが、なぜか捜査本部内で「警視庁五番目の男」と噂されていた。その噂の出どころは、門野主任であった。

門野主任は、人を笑わせる機智に富んでいた。若い大林刑事や平沼刑事らに、こんな冗談を吹き込んだのが始まりであった。

「警視庁には五人怖い顔をした人がいる。熊澤主任は警視庁五番目の男だ。泣いていた子供に熊澤主任が笑いかけたら、ぴたりと泣き止んだそうだ。……ひきつけを起こしたんじゃないぞ」

確かに、黙っている熊澤主任は怖く見える。

誰もが怖そうな人だと思っていて、なかなか熊澤主任に話しかけられない。

しかし、性格は正反対で、温厚で人が良く優しいのである。また、そのような冗談を言われても、受け流す器量もある。

門野主任に吹き込まれた大林刑事が、熊澤主任に聞いた。

「主任は、警視庁で五番目の男ですか」

熊澤主任は門野主任との話を聞いていたのだろうか、「馬鹿野郎」と言われ、ぴしゃりと頭を叩かれた。しかし、その叩き方がなんとも優しいのだ。そんな男であった。だから、捜査本部の皆から好かれていた。

熊澤主任には数々のエピソードがある。

その一つが、第一期捜査本部の会議での出来事である。

ある日、各捜査員が前日の捜査結果を報告していた。その張り詰めた会議の席で、突然「ガシャン」と大きな音がした。

上席にいた管理官が立ち上がった。捜査員も全員、何事が起きたのかと、音のしたほうを見た。すると、熊澤主任がパイプ椅子から床に落ちていた。というか、パイプ椅子が潰れてしまったのである。

「すみません」

椅子が熊澤主任の重みに耐えれなかったのだ。

本人は頭をかいて笑っていた。ちなみに熊澤主任は、それ以後も二個、パイプ椅子を壊している。

もう一つ、エピソードと言えるかどうか分からないが、熊澤主任の寝息、いやいびきが凄い。捜査本部が縮小体制となり、講堂で昼の休憩が取れるようになってからのことであった。

昼食を終え、捜査員らが休憩していた時のことである。「グォー、グォー」と音がした。皆、音のするほうを見たら、熊澤主任がいびきをかいていた。疲れているのだろうと思っていたら、いびきの音がだんだん大きくなり、講堂中に響き渡った。今まで聞いたことのない大きさである。

窓ガラスを揺るがさんばかりの大きさに、皆目を丸くして驚いた。強烈、豪快ないびきであり、笑うしかなかった。

いびきの大きさに驚いた柚木係長は飲んでいたコーヒーをこぼし、後任の岩峰係長はメガネがずり落ちてしまったほどである。

ある時、会計課の女子職員が、用事があり講堂に来たことがあった。

廊下にも聞こえていたのだろう。彼女は入口ドアをそっと開け、音の発している熊澤主任の姿を見た。驚いたのだろうか、邪魔して悪いと思ったのか「あっ、失礼しました」と言うと、ドアを閉めて帰ってしまったのである。駒田刑事が高杉主任に言った。

「二階の会計課まで聞こえたんですかね」

「そんなことはないだろう。……ちょっと会計に行って、用事を聞いて来てくれ」

高杉主任は笑いながらも気になり、駒田刑事に頼んだ。

またある日、いつものように熊澤主任がいびきをかき、上を向いて口を開けていた時のことである。

それを見た門野主任が、熊澤主任の横にいた大林刑事に冗談を言った。

「大林、見るな、見るなよ。吸い込まれるぞ」

それに対して、大林刑事が突っ込みを入れた。

「アラジンのランプですか」

「お前、俺だってそこまでは言えないよ。座布団一枚だな」

そのやりとりに、部屋にいた捜査員が吹き出してしまった。

それでも、熊澤主任は「グォー、グォー、フゥー」といびきをかき、寝ていた。何でも規格外の男なのである。

熊澤主任がプレハブの捜査本部内を歩くと、床が揺れる。外を歩いていても、遠くからすぐ熊澤主任と分かってしまう。追い抜かれることはあっても、追い抜くことはない。そんな男なのであった。

熊澤主任は捜査員皆に好かれていたが、高杉主任も彼に好感を持っており、この熊澤主任と相棒の大林刑事に、竜宮組事務所から押収した数枚の資料に記載のある取引会社の捜査を任せたのである。

なぜか？　その資料は会社に対する請求書であり、人数と請求金額が書かれていた。それに、竜宮と一ノ瀬は常に行動を共にしている。この会社と何らかの取引があれば、二人を逮捕する突破口になるかもしれない。そう思ったからであった。

熊澤主任たちは毎日捜査に出かけ、取引会社を一つ一つ潰していった。そして、ある時、一ノ瀬に関する情報を取って来た。

「取引会社は、埼玉県戸田にある土建会社です。ここに一ノ瀬が人夫を送り込んでいるようですよ」

人夫を送り込めるのは、車を運転できる一ノ瀬だからできる仕事だ。

それが本当なら、一ノ瀬は労働者派遣法違反か職業安定法違反に引っかかるのではないかと、高杉主任は思った。

そんな思いがあり、引き続き二人に捜査を進めるよう頼んだ。

その一方で、もし事件になった時のことを考えて、労働者派遣法違反の資料を調べたり、職業安定局を訪れて指導を受けた。

職業安定法違反
――起死回生、この事件が突破口となるか

四月に入り、捜査本部を訪れた管理官から指示が出た。

「何とかして、一ノ瀬を逮捕できる事件情報を探してくれ」

竜宮は本件について語らず、東京拘置所に在監中であるし、勝負をかけるのは一ノ瀬しかいなかったのである。

捜査員も同じ考えであった。突破口は一ノ瀬しかいない。全員で一ノ瀬逮捕に向けて、事件情報の収集に動いた。

ただ、一ノ瀬を逮捕したら誰が取り調べるのかが、決まっていなかった。そこで管理官と係長が相談の上、千駄木署の桜平係長と生田部長に取調べを任せることに決めた。

岩峰係長は管理官と相談した後、高杉主任にも打診してきた。すでに首謀者中神の取調官は森谷主任と福田部長、竜宮の取調官は門野主任と中山部長と決まっていた。桜平係長と生田部長は、この事件の発生当初から従事しており、これまでの捜査内容を頭に刻み込んでいる。それに自署発生の事件で、人一倍事件解決への気持ちが強い。高杉主任は、そう思った。

「私も二人に任せるのが一番かと思います」

翌朝の会議終了後、係長が桜平係長と生田部長を呼んで話した。

「一ノ瀬を捕まえたら取調官を頼む。管理官も了解している。ん、頼むぞ」

「えっ、私がですか。分かりました」

桜平係長は、驚きながらもにこやかに答えた。

「分かりました。よし」

側にいた生田部長も、やる気をみなぎらせた。

その二人が一ノ瀬の身辺捜査を行った結果、健康保険証の履歴から、現在も通院している病院を掴んできたのである。

病院は新宿にある大学病院と分かり、早速病院調査を行ったところ、担当医師から一ノ瀬に関する情報を得ることができた。

「一ノ瀬さんは、胃の調子が悪くて通院されています。次の予約日は、五月一一日です」

来院まで、あと一月もなかった。

それまでに、なんとか一ノ瀬に関する事件情報が欲しかった。とはいっても、簡単に事件情報を入手することはできなかったが、桜平係長と生田部長は懸命に探し、一つの事件情報を持って来た。

その情報とは、千葉県の海沿いにある町に、一ノ瀬が懇意にしている年配の女性が一人で住んでおり、その女性宅に一ノ瀬が泊まった際に一〇万円を借りたのだが、未だに返していないという内容である。女性からすれば一ノ瀬に一〇万円を騙し取られてしまったことになる。そこで桜平係長らは、その女性から詐欺罪の被害届を受理してきた。

二人は捜査本部に戻り、岩峰係長に言った。

「係長、この事件で一ノ瀬を逮捕しましょう。やらせてください」

すると係長は「うーん」言ったが、すぐには了解せず、管理官と相談した。管理官と係長の考えは、同じであった。

　確かに被害届はあるが、これで一ノ瀬を逮捕しても、勾留一〇日間、長くても二〇日間で釈放になるだろう。その期間に一ノ瀬が自供しても、裏付け捜査が間に合わない。さらに、一ノ瀬が釈放になれば、遠山の二の舞になる危険性がある。また勾留期間中に本件を調べれば、違法取調べのそしりを免れないであろう。そのような理由から、詐欺事件は保留となってしまった。

　桜平係長と生田部長は、正直がっかりした。やる気は十分あるだけに、その気持ちは痛いほど伝わってきた。他の捜査員も複雑な思いであった。本件を解決するには、一ノ瀬を逮捕し自供させるしか方法が残されていなかったからである。

　一ノ瀬の通院日まで、あと一〇日足らずである。

「ところで、職安法の捜査は進んでいるの、進んでいないの」

　誰とはなくそう言い、熊澤主任と大林刑事の捜査している職安法に一縷の望みを託した。

　そんな中、その進んでいない捜査班が、一ノ瀬の逮捕につながる有力な情報を掴んで来たのである。

「戸田にある土建会社に人夫を送り込んでいたのは、間違いなく一ノ瀬です。社長が一ノ瀬の写真を引きました」

　そう言ったのは、熊澤主任だった。

　こんなことが、あるものである。それを聞いた高杉主任は、喜んだ。熊澤主任、早く言ってくれよ。職安法で行ける（一ノ瀬を逮捕できる）かもしれない。そう思ったのである。

　その情報を係長に知らせ、全員で裏付け捜査を応援した。熊澤主任には、社長から取引のいきさつや人夫の受入れ状況、人夫代の支払い状況などを聞いて、急いで調書化するよう指示した。さらに、関係場所の写真撮影、銀行口座の捜査や関係人からの調書作成を、それぞれ捜査員に指示した。

　一ノ瀬は池袋西口公園や高田馬場近くの公園にいる労務者に声をかけて、人夫として送り込んでいたとの情報も得たことから、一ノ瀬の写真を持って公園にいる労務者に次から次に声をかけ、派遣されたことのある人夫を探した。

　一ノ瀬の通院日まで一週間となった頃、逮捕状請求に向けて徐々に書類が出来上がってきた。

「一ノ瀬を職安法違反で逮捕できるかもしれません。高杉主任が事件をまとめています」

係長から連絡を受けた管理官がやって来た。

「主任、どうだ、本当に職安法で行けるか？」

高杉主任は職安法違反事件は初めてであったが、職業安定局からアドバイスを受けたりして、事件にできると確信していた。

「逮捕できると思います。まず、検事へ連絡に行ってきます」

そう答え、管理官から指示を受けた。

「そうか、それじゃ検事連絡を急いでくれ」

翌日、岩峰係長と二人で、東京地方検察庁の本件担当検察官に事件連絡に行った。職安法違反の事件チャートと、それまでまとめた捜査書類を持参した。

高杉主任は、検察官に率直に聞いた。

「この書類で一ノ瀬を職業安定法違反で逮捕したいのですが、起訴できますでしょうか」

検察官は事件チャートに目を通した後、聞いてきた。

「銀行口座の裏は取れていますか」

「取れてます」

そう言って高杉主任は、人夫代金が入金された銀行口座を差し出した。

すると検察官は、その口座を見て「大丈夫です。起訴できるでしょう」と言ってくれたのである。

よし、これで一ノ瀬を逮捕できる。検察官の言葉を聞いて係長も主任も自信を持ち、検事室を後にした。

検事連絡を終えて捜査本部に戻って来た高杉主任は、捜査員に報告した。

「検事から起訴できると言われた。もうひと頑張りしてくれ」

係長も、管理官に検事連絡の結果を報告していた。大きな前進である。その翌日、捜査会議の席で係長から話があった。

「急な話だが、明後日付けで桜平係長と生田部長が四課に異動になると管理官から連絡があった。おめでとう。二人とも異動の準備をしてくれ」

本部員が偉いわけではないが、本部に行けることは、捜査員としてうれしいことである。桜平係長も生田部長も素直に喜んだ。

二人は、千駄木署員としての本件解決への強い思いを持ちながら、四課に異動したのである。二人の異動は、管理官が四課長に計らい決まったのであった。四課員として、一ノ瀬と勝負してほしかったのであろう。

一ノ瀬の通院日まで一週間を切っていた。

桜平係長と生田部長は、取調官としてやる気も高まり、病院の医師と最終打ち合わせを済ませた後、取調べに向けて準備を進めた。

一ノ瀬の逮捕

―勝負の時は近づいた

一ノ瀬が病院に来る予定時間は、一一日の午後二時である。

逮捕状請求の書類が揃ったのは、その前日の夕方であった。残すところ、総合捜査報告書を作成するだけとなった。

総合捜査報告書とは、一ノ瀬が職業安定法違反の犯人に間違いないことや、それを証明するための裏付け捜査と証拠資料を分かりやすくまとめた報告書である。検察官は、最初にその書類を読むことにより、事件全体の流れを把握することができるのである。その報告書の作成は、デスク主任の役目であった。

捜査員は明日の逮捕に向けた準備を終え、帰宅した。

「頼むぞ」

管理官も声をかけて、帰って行った。

捜査本部の部屋に残ったのは、係長とデスクだけとなった。総合捜査報告書は、半ばまで作成していたが、まだ時間はかかる。しかし、明日の朝までには間に合うだろう。今夜は徹夜だな。高杉主任は思った。

デスクを任された以上、徹夜することは度々ある。朝一番に捜査本部に出勤し、一番最後に帰ることも珍しくない。大きな事件になると、数日は自宅に帰れないような時もある。それが、デスク主任なのである。だから、高杉主任はいつも三日分の下着を持参していた。

午後七時過ぎまで、係長が残っていた。

「係長も帰ってください。あとは報告書だけですから。係長が残っていると、書類が進みません」

冗談交じりに、笑って言った。

「うーん。そうか悪いな。それじゃ先に帰らしてもらうよ」

そう言うと、係長は帰った。

デスク担当の花村部長と駒田刑事も帰した。それから、総合捜査報告書の作成に取りかかった。

出来上がったのは朝方だった。係長や花村部長、駒田刑事たちが出勤してくる少し前であった。どうにか間に合った。これで行けるだろう。高杉主任はようやく一息ついた。あとは、逮捕状請求に行くだけである。

高杉主任は、朝一番に令状請求書類を持ち、裁判所へ出かけた。今回も裁判官からは何の質問もされることなく、逮捕状はすんなり発付された。捜査本部に戻ると、係長以下捜査員が皆、待っていた。逮捕状が出て良かったとそれぞれが思った。

管理官も待っていて、桜平主任と生田部長に言った。

「やっとここまで漕ぎつけた。これからが本当の勝負だな。桜平主任、生田部長、頼むぞ」

「分かりました。頑張ります」

本件の解決は自分たちの取調べ次第だ。やってやるぞ。二人はやや緊張した面持ちで答え、気持ちを引き締めた。

「後は頼むよ」

そう言って高杉主任は、桜平主任に、一ノ瀬の逮捕状を手渡した。

その後、桜平主任、生田部長、花村部長らは早めの昼食を終え、一ノ瀬の逮捕に向かった。

病院に着いてから担当医師と打ち合わせをした後、入口付近で張り込んでいたが、一ノ瀬は予定時間に現れなかった。一時間待ったが、それでも現れない。医師に確認するも、一ノ瀬からのキャンセルは入ってないという。

「来ないのではないか。我々の捜査に気づいたのかもしれない」

桜平主任らは焦りを感じたが、粘り強く待ち続けた。

すると、予約時間を一時間半遅れて、一ノ瀬が病院に姿を現したのである。桜平主任と花村部長は、車から降り病院入口に向かって歩いてくる一ノ瀬に、ゆっくり近づいて行った。そして、入口で声をかけた。

「一ノ瀬さんですか?」

一ノ瀬は、急に声をかけられ険しい顔をした。

さらに桜平主任が警察手帳を示し、自信に満ちた面持ちで告げた。

「警視庁の四課だよ。分かるだろう。話があるから一緒に来てくれないか」

一ノ瀬は動揺して、うろたえた。

とうとう来たかと思ったのだろう。「分かりました」と答えるのが、精一杯であった。

「理由は、署に着いたら話すよ」

桜平主任は一ノ瀬に告げ、千駄木署へ任意同行した。

本部では、係長以下全捜査員が連絡を待っていた。生田部長が捜査本部に、一ノ瀬を確保し任意同行することを伝えると、皆歓喜した。

「一ノ瀬が来たか。良かった」

二〇分ほどして、一ノ瀬を乗せた車両が千駄木署に着いた。

その後、署内に一ノ瀬を同行して行く桜平主任らの姿を、管理官、係長、捜査員が「頼むぞ」と祈るような気持ちで遠目から見守った。桜平主任と生田部長は、一ノ瀬を取調室へと同行した。

すると、取調室に入るなり、一ノ瀬が聞いてきた。

「容疑は何ですか？」

署に向かう車の中で、ずっと気になっていたのである。遠山殺害の件だろうか、どうしてばれたのだろう。いや、そんなことはないと。

桜平主任は厳しい顔つきで、そして、気を持たせるように少し間を置いてから答えた。

「実は、職業安定法違反だよ」

そう言って、一ノ瀬に逮捕状を示した。

一ノ瀬は、桜平主任が厳しい顔つきをした時、本件で逮捕されることを観念し動揺したが「職業安定法違反」と言われ、安堵の表情に変わった。

この一ノ瀬の安堵する表情を見て、桜平主任も生田主任も確信した。一ノ瀬は、本件実行犯の一人に間違いない。

カラスの恩返し　―犯人は黒だとカラスが教えてくれた

一ノ瀬を逮捕した日の夕方、カラスの捕り物があった。

係長、デスク員と数名の捜査員が部屋にいた時のことである。プレハブの屋根が「ガタン」と大きな音を立てた。何か物が落ちたようであった。高杉主任と駒田刑事らは、部屋の外に出てみた。

すると、屋根から子ガラスがバタバタしながら、庭に落ちてきたのである。自由に飛び立つことができず、走り回っていた。プレハブの裏手には、大きな杉の木があった。どうやら、その木にある巣から落ちてしまったようだ。

高杉主任、駒田刑事らは、子ガラスを捕まえようとした。帰してあげるためにである。しかし、すばしっこくて、簡単には捕まえられない。近づいた瞬間、開いていた入口から部屋に入られてしまった。係長の頭を飛び越え、バタバタと部屋の中を飛んだり跳ねたりした。

係長も「おお」と声を上げて、立ち上がった。書類棚に乗ったり床を走ったりして逃げ回ったが、若い駒田刑事と大林刑事が追い回して、やっと捕まえた。その後、捕まえた子ガラスを、塀の外に広がる草地に放してやったのである。

部屋に戻ると、係長がワイシャツに付いた子ガラスのフンを拭き取りながら、言った。

「ウン（運）が付いたよ。それに、黒だよ。真っ黒なカラスだよ。一ノ瀬は黒だな」

係長は自分の言葉に納得していた。

それから三〇分ほど経って、また屋根で「コトン」と音がした。外に出て屋根を見上げると、使い切ったマヨネーズが落ちていたのである。上空では親ガラスが旋回していた。親ガラスが怒って襲撃してきたのかと思ったら、係長がまた言った。

「マヨネーズはカラスの好物だよ。子供を助けてもらったお礼だよ。カラスの恩返しだな。それに、カラスは七歳の子供と同じくらいの知能を持っていると言われている。良い人か悪い人かの判断ができるんだよ」

係長のうんちくに、皆が納得していた。

確かに、子ガラスを助けてあげたのは間違いないのだから、仕返しではないだろう。部屋にいた捜査員も皆、そう思った。係長にウン（運）も付いたし、一ノ瀬は黒だと良い方向に考えた。

一ノ瀬の取調べに入る前のひと騒動であった。

一ノ瀬の取調べ1 ―逮捕事実に間違いありません

一ノ瀬は、桜平主任から職業安定法違反の逮捕事実を読み聞かされ、逮捕事実を認めた。

「その通り、間違いありません」

弁解録取書を作成後、一ノ瀬を豊島署に嘱託留置した後、職安法違反の本格的な取調べが始まった。豊島署に移したのは、捜査本部の署であり、取調べに集中できることと、いろいろな面で配慮してもらえるからであった。

一ノ瀬は、逮捕されたのが職安法違反であることで安堵したのか、素直に取調べに応じた。

料金受取人払郵便

大阪北局
承認
2424

差出有効期間
2021 年 12 月
1日まで
(切手不要)

郵便はがき

553-8790

018

大阪市福島区海老江5-2-2-710

㈱風詠社

愛読者カード係 行

ふりがな お名前		明治 大正 昭和 平成 年生 歳	
ふりがな ご住所	□□□-□□□□	性別 男・女	
お電話 番号		ご職業	
E-mail			
書名			
お買上 書店	都道 府県 市区 郡	書店名	書店
		ご購入日	年 月 日

本書をお買い求めになった動機は?
1. 書店店頭で見て　2. インターネット書店で見て
3. 知人にすすめられて　4. ホームページを見て
5. 広告、記事(新聞、雑誌、ポスター等)を見て(新聞、雑誌名　　　)

風詠社の本をお買い求めいただき誠にありがとうございます。
この愛読者カードは小社出版の企画等に役立たせていただきます。

本書についてのご意見、ご感想をお聞かせください。 ①内容について
②カバー、タイトル、帯について
弊社、及び弊社刊行物に対するご意見、ご感想をお聞かせください。
最近読んでおもしろかった本やこれから読んでみたい本をお教えください。

ご購読雑誌（複数可）	ご購読新聞 新聞

ご協力ありがとうございました。

※お客様の個人情報は、小社からの連絡のみに使用します。社外に提供することは一切ありません。

「私が人夫を土建会社に派遣し、利益を得ていたことは間違いありません」

そう供述し、経過も詳しく話した。

ただ、その心中は穏やかではなかった。四課に逮捕されたのだから、職安法違反の取調べだけで終わらないだろう。遠山殺害の件で再逮捕されるかもしれない。警察はどこまで知っているのだろう。そんな一ノ瀬の心の動きを察して、桜井主任と生田部長は、時々本件に関する話に水を向ける。

頃合いを見て、桜平主任が質問した。

「ところで一ノ瀬、遠山の件で中神会はバタバタしたんじゃないのか?」

一ノ瀬は一瞬、顔が強張ったが、平静を装い答えた。

「そうですね。でも私は中神会とは言っても、組の者とはあまり親しくないのでよく分からないですね」

取調官二人は、答える時の一ノ瀬の表情を見ていた。

一ノ瀬が目をそらしたり、頻繁にまばたきをしていたので、嘘をついているなと思い、すかさずジャブを入れた。

「事件当日の朝は、どこにいたの?」

一ノ瀬は、いきなりの質問に緊張を隠せず、ため息をつきながら答えた。

「事務所にいました」

「事務所、竜宮組事務所か？」

桜平主任が聞いた。

「そうです。竜宮組事務所です」

一ノ瀬は小さな声で答えた。

「それじゃ竜宮も一緒だったの？」

今度は桜井主任が聞いた。

「一緒でした」

そう答えるのが精一杯であった。

このように、桜平主任らは一ノ瀬に時々、本件に関する問いかけを入れながら、職安法違反の取調べを進めていった。二〇日後、一ノ瀬は起訴になり、いよいよ勝負の時が迫ってきた。捜査本部の命運は、二人の取調官にかかっていた。

その二人から係長に申し出があった。

「一ノ瀬の故郷を訪ねてみたい。取調べに役立てたい」

二人は、一ノ瀬との勝負に悔いを残したくなかった。係長から管理官に報告の上、管理官の了解を得て、二人は二泊三日の旅に出た。

「土産、待ってます」

出かける二人に、福田部長が冗談で声をかけた。

「遊びじゃないよ」

桜平主任は笑いながら答えたが、その言葉には余裕が感じられた。

一ノ瀬の故郷は、瀬戸内海に浮かぶ島である。竜宮の故郷でもあった。桜平主任と生田部長は、一ノ瀬の故郷を訪ねる途中、車で大鳴門橋を渡った。大鳴門橋は、淡路島から鳴門にかけて架かっている橋である。

その橋を渡って目を見張った。橋の中央付近から鳴門海峡を見下ろしたところ、いくつもの渦潮が生まれては消え、消えては生まれていた。絶景であった。これも取調官の役得だろう。一ノ瀬との勝負に入る前の、ひと時の休息である。

二人は圧巻の渦潮に惹かれ、観潮船で近くまで渦潮を見に行った。穏やかな海峡を半ばまで進んで行くと、急に潮の流れが速くなった。その潮の流れの中、いくつもの渦潮が消えては生まれ、生まれては消えていく。「ザザー、ザザー」と渦潮の波音が心まで響き、心が洗われる。吸い込まれそうだ。

渦潮体験の後、一ノ瀬の故郷である島に渡り、車で島内をゆっくり回った。島はオリーブの生産で有名であり、島内の至るところにオリーブ園があり、海岸沿いには棚田も見えた。一ノ瀬の生まれ育ったと思われる地域も巡ってみた。

一ノ瀬は真っ青な空と海に囲まれ、少年時代を過ごしてきたのだなと思いながら、桜平主任らは捜査本部に戻ってきた。これから一ノ瀬との勝負が待っている。

一ノ瀬の故郷から帰って来ると、生田部長が福田部長に手延べ素麺を渡した。

「お土産だよ」

「いいんですか、貰って」

福田部長がニコニコして聞くと、桜平主任が「福田部長にじゃないよ。みんなで食べるんだよ」と言って笑った。

一ノ瀬の取調べ2 ―なんとしても落としてくれ

一ノ瀬の取調べに入る前に、管理官が桜平主任と生田部長を呼び激励した。

「知っていると思うが本件は、中神、竜宮、一ノ瀬が犯人に間違いない。しかし、情況証拠しかなく、決定的な証拠がない。けん銃も見つかっていないし、一ノ瀬の自供にかけるしかない。自供が得られなければ、本件は解決できない。二人とも大変だろうが、頑張ってくれ。なんとしても落としてくれ。期待しているよ」

係長もいつもの口癖で激励した。

「情熱、情熱、情熱は岩をも通すだ。ん。しかし、マイペースでな。頼んだよ」

その激励と捜査員全員の思いを背負って、桜平主任と生田部長は、一ノ瀬の取調べに向かった。

ただ厳しい状況もあった。それは、中神や中神会の幹部らが面会に訪れていたことであった。職安法違反で起訴になった一ノ瀬は接見禁止が解かれ、誰とでも面会できる状態にあり、中神らも面会に来ていたのである。

「職安法なら、実刑を打たれても、すぐに出て来れる。余計なことは話さないほうがいいぞ。皆も気にしていたからよ。早く出て来いよ。待ってるから」

中神は、暗に本件について話さないように圧力をかけた上、現金二〇万円を差し入れて行った。他の中神会の幹部らも同様に、圧力をかけて帰った。

「職安法だけだろう。もしかしたら執行猶予が付くんじゃないか。警察の話には、乗っからないほうがいいよ。自分のためだからな」

圧力をかけられた一ノ瀬も感情が揺れて、逮捕前のような態度に戻りつつあった。

しかし、桜平主任と生田部長は、一ノ瀬の人となりにかけた。一ノ瀬の生い立ちや今までの取調べにおける供述内容などから、一ノ瀬は情に厚い男であることを感じ取っていた。義理より人情を重んじる男だと。それは、竜宮との関係を大事にしていることからも窺い知れた。

そんなことから、一ノ瀬には理詰めではなく、人間性に訴える作戦に出た。そして、一ノ瀬の故郷に関する話から始めた。

「一ノ瀬の故郷は良いところだろうな。海がきれいなんだろう?」

「そうです。海は真っ青です。特に夏の海は最高ですよ。子供たちの遊び場です。空も真っ青ですし」

一ノ瀬も乗ってきた。

「良いところで育ったんだな。竜宮とは中学で一緒だったのか?」

「竜っちゃんとは、中学は別々で、高校が一緒だったんです。島内ですから、お互い顔は知っていましたが」

その他に島の名産であるオリーブの話や、よく食べていたという素麺の話などに及び、一ノ瀬の気持ちは次第に和らいでいった。故郷を話題に雑談をしながら、桜平主任と生田部長は一ノ瀬との勝負の機会を待っていた。

そんな折、一ノ瀬に一人の女性が面会に来たことを知った。一ノ瀬とはどんな関係なんだろうと気になり、その女性と会った。女性の名は沢田小夜子。三六歳であり、一ノ瀬とは二〇歳も離れていた。女性は池袋のスナックで働いており、一ノ瀬はその店に時々通っていたらしい。

「一ノ瀬さんは、一年前からお店に来るようになりました。一度生活に困っていた時、助けてもらいました。それ以来、いろいろ気にかけてくれ、私にはとても優しいです」

女性は一ノ瀬のことをそのように話し、桜平主任に聞いてきた。

「一ノ瀬さんは、刑務所に行くのでしょうか？」

「そうだね。状況によっては、行くかもしれないね」

桜平主任は、当たり障りのないような返事を返した。

すると女性は、一ノ瀬に伝えてほしいと思って話した。

「私は、一ノ瀬さんが刑務所から出て来るまで、ずっと待っています」

桜平主任と生田部長は思った。

一ノ瀬とは情の通った仲なのだろう。一ノ瀬にもこのように思ってくれる女性がいるんだ。まだ救いがある。

取調べを始めてから一五日目、いよいよ勝負の時が来た。いつものように故郷の話をしていた時、一ノ瀬が八〇歳になる叔母さんの話をした。

「私の両親はもう亡くなっていませんが、子供の頃よく面倒を見てくれた叔母は、まだ元気で生きていると聞いてます。この叔母には子供がいなかったこともあってか、私はとても可愛がってもらいました。帰ることができれば、この叔母に会いたいですね」

「そうか。一ノ瀬もまだ人の気持ちが分かるんだなあ」

桜平主任は包み込むように言うと、一呼吸おいて続けた。

「一ノ瀬のように、人は誰にも思う人がいたり、思ってくれる人がいるんだよ。病院で殺された遠山にもいたんだぞ。姉さんもいたし、思ってくれる女性もいた。しかし遠山が殺されたことで、姉さんも女性もこれからずっと悲しみを背負って生きていかなければならなくなってしまった。一ノ瀬は、どう思う？」

そう言って本件の話を切り出した。

すると一ノ瀬は、胸の中に隠していた思いを急に突かれた気がして、「ええ」と小声で答えたまま、うつむいてしまった。桜平主任は、さらに続けた。

「一ノ瀬は事件当日の朝、事務所にいたというが、それではなぜお前の吸い殻が何本も病院裏の通りに落ちているんだ？」

一ノ瀬は深い呼吸をするようになり、生唾を飲み込んだ。

ここだと思い、桜平主任は、なおも話し続けた。

「一ノ瀬が竜宮と病院裏にいたことは、分かっているんだよ。一ノ瀬は遠山に恨みがあったのか？　お前の心の中には、ずっと遠山の件が引っかかっているのではないか。その気持ちを一生背負っていくのか。正直に話してくれないか、今ならまだ間に合う。お前には、慕ってくれる小夜子さんがいるじゃないか。刑務所から出て来るまで、ずっと待ってると言っているよ。話せば刑が軽くなるとか、そういう問題じゃない。お前には、まだ人の心がある。人の悲しみを分かる気持ちがあるだろう。まだやり直せるんだよ。一ノ瀬、お前の叔母さんなら何と言うと思う？」

そう言って、一ノ瀬の心に問いかけるように話した。

すると、息苦しそうにしてうつむいていた一ノ瀬が、とうとう話し出した。

「私が病院のガラスを割りました。竜っちゃんがけん銃を撃ちました。けん銃とハンマーは川に投げ捨てました」

自供したのである。

やった、落ちたぞ。桜平主任と生田部長は心の中で喜びながら、一ノ瀬に礼を言った。

「そうか。話してくれてありがとう」

罪を犯した人間に感謝の言葉をいう必要はないが、自然に言葉が出た。

その後、中神の命令で竜宮と一ノ瀬が遠山を殺害したことに間違いないという内容の上申書を作成した。そして、一ノ瀬が自供したという報告が生田部長から係長に入った。

「そうか。よくやった」

一人大きな声を出して喜んだ。

「係長、どうしたんですか」

捜査員は、一人で喜びの声を上げている係長に聞いた。

その声で我に返った係長は、興奮したまま捜査員らに伝えた。

「一ノ瀬が自供した。やったぞ。勝ったぞ」

「自供したか、良かったなあ」

捜査員らも互いに顔を見合わせ、喜んだ。

諦めずに頑張ってきた甲斐があった。係長は、その喜びを管理官へ即報した。

一ノ瀬の自供　―犯行のすべてを話します

一ノ瀬は本件犯行を認めた。供述した内容は次のようなものであった。

遠山殺害の前日、午後六時頃、一ノ瀬は竜宮から「事務所（竜宮組事務所）向い側の駐車場で待っているから、来てくれ」と電話を受けた。

駐車場に行くと、軽自動車の助手席に竜宮が待っていた。急いで運転席に乗り込むと「遠山がけん銃で撃たれ、新都心大学病院に運ばれた。組の者が皆、病院に向かっている。一緒に行ってくれないか」と言ってきた。竜宮は免許がない。その時は、それ以上話さなかったが、竜宮の頼みなので「分かった」と二つ返事で答え、軽自動車を運転して病院に向かった。病院に着き、車を止めるため駐車場を探した。周りを探すと、病院裏側の路地に五、六台駐車できる駐車場を見つけたので、そこに止めて、病院に向かった。

病院前は、パトカーや救急車などでいっぱいであった。マスコミと思われる車も来ていた。待合室にも大勢の人がいた。制服の警察官や私服の刑事に交じり、中神会の者も大勢来ていた。

集中治療室の入口付近には私服の刑事が数名おり、その近くに中神もいた。中神から「遠山は治療室の中だ。まだ生きているかどうか分からない」と聞き、待合室で中神会の者たちと話しながら、しばらく待った。

夜遅くになり、中神から「遠山は生きている」と言われた。その後、病院の外で中神と竜宮が何やら相談していた。帰る時、集中治療室に面した北側路地を通り、車の中で竜宮から言われた。

「中神から遠山を殺れと言われた。遠山は組織を裏切った。遠山が襲撃のことを警察に話すと、皆捕まってしまう」

襲撃の詳しいことは知らなかったが、竜宮が大変な立場であることが分かった。翌朝、また竜宮から電話があり、駐車場へ行った。

また軽自動車の運転を頼まれた上、「俺がけん銃を撃つから、一さんは窓ガラスを割ってくれないか」と言われた。竜宮とは同郷の友であり、刑務所を出てからもずっと世話になっており、一ノ瀬にとっては恩人であった。断ることはできず、ガラス割りを引き受けた。

病院に向かう途中、金物店を探しハンマーを買った後、病院裏側の駐車場に車を止めて中神の指示を待った。その後、「病院の裏で待て」と命令され、竜宮と車を出て、病院の裏路地で待った。中神からの連絡で、遠山のベッドの位置が分かり、竜宮と二人で遠山を殺害した。

一ノ瀬がハンマーでガラスを割り、竜宮がけん銃を撃った。その後急いで逃げ、車に飛び乗り逃走した。

大通りは検問をしているかもしれないと思い、路地路地を疾走して逃げた。途中で竜宮を降ろして別れた。その後、昼過ぎに私のアパートに来た竜宮から「一さん、このけん銃を処分してくれ」と頼まれた。「分かった」と答えると「頼んだよ」と言っただけで、すぐに帰って行った。その時、竜宮も一ノ瀬も、自分たちのやったことの重大さを思い、必要以上に話をする気にはならなかった。

一ノ瀬は、竜宮から受け取ったけん銃を、部屋にあったスポーツ新聞で包み、その上からガムテープを巻いた。そして、ハンマーも持ち、軽自動車で埼玉方面に向かった。人夫出しで埼玉の戸田に行く時、いつも川を渡って行ったので、その川にけん銃とハンマーを捨てようと思ったのである。

道中、心の中で思った。何ということをしてしまったんだろう。竜っちゃんの頼みとはいえ、人殺しを手伝ってしまった。それもなんの恨みもない仲間の遠山さんをだ。

今さら悔いても取り返しのつかない気持ちが、何度も湧いてきたが、反面、証拠のけん銃とハンマーを捨ててしまえば逮捕されないだろうと思う気持ちもあり、川に向かった。

そして、朝霞市内を流れる荒川の橋のたもとで、前方から車で来た中神会瀬尾組の幹部二人と、偶然出会った。瀬尾組は、戸田に組事務所があった。お互い気づいて、車を止めた。運転手が声をかけてきた。

「おう、どこへ行くんだ?」

「人夫出している戸田の会社に行くんだよ。そちらこそ、どこへ」

「宇賀神一家の本部事務所だよ」

宇賀神一家本部は板橋にあった。

長話をしている場合じゃないと思い「そうですか。急いでいるので、また」と言って、話もそこそこで別れ、その後、橋のたもとを右に折れて土手沿いに走り、車を止めた。人通りは全くなかった。

けん銃をグローブボックスに入れたまま、ハンマーを持ち土手を下りて行き、川岸から投げ捨てた。その後、橋を渡ってしばらく走り、埼玉県さいたま市内を流れる川にけん銃を捨てた。

自分が話さなければ、けん銃は見つからない。そう思った。そのけん銃を捨てた場所の下流には、水門が見えた。

引き当たり捜査 ―けん銃もハンマーも川に捨てました

一ノ瀬の案内により、けん銃やハンマーを捨てた場所を確認する引き当たり捜査をすることにした。

ワゴン車二台で豊島署を出発した。一台目には一ノ瀬、取調官、図面・写真担当が乗車し、二台目には護衛兼捜索班が乗車した。もし投棄場所が浅瀬ならばと思い、捜索班は作業着、胴付長靴、川ざらい用具などを車に積んで行った。

先に、ハンマーを捨てた川の引き当たりを行った。その川は、埼玉県朝霞市内を流れる荒川本流であった。一ノ瀬は、橋のたもとから、土手沿いに少し走ったところで「ここに軽自動車を止め、堤防を降りて行き、川岸から二〇メートルくらい先に投げ捨てました」と供述した。

しかし、その川は水深が背丈以上もある上、混濁しており川底が全く見えないため、人の力で捜索するのは困難と思われた。また、投棄場所から三〇〇メートル下流には、大勢の人だかりが出来ていた。

何事かと確認に行ったところ、大勢の見物客とマスコミが来ていた。当時、世間を騒がせていたあごひげアザラシの「タマちゃん」が頻繁に出没するため、毎日のように見物客が押し寄せていたのだ。そのような中で捜索を開始すれば川はさらに濁り、「タマちゃん」が他の川に移動してしまうかもしれない。そうなればマスコミにも気づかれ、捜査に支障が出るだろうと思われた。

それで捜索を諦め、ハンマーの投棄場所を図面に落とすとともに写真撮影し、けん銃の投棄場所へと向かった。けん銃の投棄場所は、さいたま市内を流れる荒川の支流で、投棄場所から八〇メートル下流には水門があった。

一ノ瀬は「この水門を覚えているので、この場所に間違いありません。岸から川の中ほどに投げ入れました」と言った。川は、水門の数キロ先で荒川本流と合流していた。河川管理者に聞いたところ、次のように説明してくれた。

「荒川本流が洪水などで一定の水位になれば水門を閉め、水門の上流と下流が同じ水位になった時、つまり流れのない状態になった時に水門を開けます。ですから、けん銃のような重いものが川底にあれば、流れていくことはないでしょう。ただ、川は干潮時でも底は見えませんね」

このけん銃の投棄場所も図面に落とし、写真撮影して捜査本部に引き上げた。

捜査本部の部屋に戻ると、岩峰係長がメガネを頭の上に載せ、机上の時系列を食い入るように見ていた。その係長に対して、桜平主任が引き当たり捜査の結果を報告した。

「係長、確認して来ましたが、ハンマーの捜索は無理ですね。捨てた場所の下流にタマちゃんが出没して、大勢の見物人が来ていましたよ」

すると、係長は時系列から目を離し、タマとクマを聞き違えて、聞き返した。

「ん。クマが出没している?」

「クマじゃないですよ。タマ、アザラシのタマちゃんですよ。係長、しっかりしてくださいよ」

桜平主任が、たしなめた。捜査員は皆、苦笑していた。

岩峰係長は、仕事に没頭しすぎるところがある。しかしそんな係長が、捜査員には信頼されていたのである。

桜平主任に言われ、係長は自分の聞き間違えに気づいた。

「タマちゃんか、それはまずいな。今は、内密に捜査を進めなければならない。ハンマーの捜索は後回しにしよう」

そう言って、けん銃の捜索を先行することに決めたのであった。

けん銃の捜索 ―ここに捜査の命運がかかっている

けん銃の捜索方法を検討した結果、捜査員では無理なので、プロのダイバーに依頼することにした。

投棄場所を中心に三日間、ダイバーが川底を手さぐりで捜索した。しかし、けん銃は発見できなかった。

プロのダイバーとはいえ、混濁して川底が見えない状態では、捜索も困難であった。それに投棄してから一年が経過しており、場所も移動しているだろうと思われた。ダイバーによる捜索を諦め、他の捜索方法を検討した。そんな中、桜平主任が意外な提案をした。

「タマちゃん出没の影響で、近くで土砂をさらっていた工事業者が作業を中止している。その業者に相談してはどうだろうか」

早速業者に相談し、いろいろと捜索方法を検討した。

その結果、水陸両用掘削機（ユンボ・バックホー）により川底の土砂を掘削し、その土砂を金網上のフロート台に載せる。それを、発電機モーターを利用したホースからの放水で洗い流して、けん銃を発見する方法を行うことにしたのである。

作業が始まったのは、五月末であった。

一部の裏付け捜査員を除いて、全員がけん銃の捜索に従事した。作業着、長靴、ヘルメット、手ぬぐいなどを準備して捜索に出かけた。掘削作業は、投棄した場所の上流二〇メートル付近から、下流に向けて行われた。上流にはけん銃が移動しないと思われたが、念のため少し上流から捜索することにしたのである。掘削機とフロート台までは、岸から二〇メートルあり、そこまでボートで移動した。

ボートは一人用であり、一人ずつ移動した。熊澤主任も捜索に加わった。その熊澤主任が、フロート台に移動するためボートに乗った時、大きく揺れた。

「あっ危ない、主任ボートが沈む」

先にフロート台に着いていた捜査員が、冗談で言った。

「馬鹿野郎」

笑いながらも、熊澤主任は両縁をしっかり掴んだ。救命胴衣を着ていたが、万が一のこともあると。そんな笑いもありながらの捜索で始まったが、けん銃はなかなか発見できなかった。

ジリジリする炎天下での作業であり、暑さにも苦しめられた。皆汗まみれの作業であった。時折、鳥の死骸や死魚が流れていく。また潮の干潮に左右され、作業開始時間も一定しなかった。土砂より下の粘土質まで掘っているため、ホースでの洗い出しも容易でない。

一週間、一〇日と経つにつれ、捜査員に疲れが見えてきた。それでも皆、必ずけん銃を見つけるという信念のもと、捜索を続けた。その後押しを、デスクの花村部長と駒田刑事が頑張った。二人は毎日、捜査員や作業員のために弁当や飲み物を運んだ。捜査本部に残っていた係長も、気が気でない様子であった。

そんな係長の気持ちを察して、高杉主任が声をかけた。

「係長も捜索現場に行ってみてはどうですか」

待っていたとばかりに、係長は「そうか、俺も行ってみるか」とうれしそうに言い、翌日から捜索に加わった。

この事件が解決するかどうかは、けん銃の発見にかかっていた。

係長も捜索に加わったが、管理官も作業服姿で現場に顔を出し、自らホースを持ち洗い出し作業を手伝った。また、本事件担当の主任検察官と副主任検察官も現場視察を兼ね、捜査員の激励に訪れた。

ユンボの作業員も頑張ってくれ、休憩時間でもおにぎりを食べながら作業してくれた。その作業員に岩峰係長は話していた。

「詳しい事件の内容は言えないが、けん銃を使った殺人事件で世間も注目している。なんとしても、けん銃を発見したい」

桜平主任と生田部長は、東京拘置所に移監となった一ノ瀬を訪れ、けん銃の投棄場所を再聴取した。その結果、投棄場所は間違いないことを確認し、捜査員に自信を持たせた。

そして、悪戦苦闘の捜索を続けてから、一九日目のことであった。

午後三時三〇分、満潮間近でその日の作業を終了しようとした時、土砂を引き上げた作業員が叫んだ。

「あれ、けん銃じゃないの？」

その瞬間、掘削機のキャタピラの上で小休止していた岩峰係長が、フロートの台に飛んだ。

まだ動いていた掘削機のバケットに、係長のヘルメットがかすった。あわや事故になる寸前であった。

その場にいた捜査員全員で、けん銃らしいものを確かめた。泥にまみれたその塊は、間違いなくけん銃であった。

けん銃の周りには、新聞のようなものとガムテープ片が付着していた。そのテープの粘着面に文字が転写されていた。手に持ってみると、ずしりと重かった。

「やった。けん銃だ。本物のけん銃だ。見つけたぞ。秘密の暴露（真犯人しか知り得ないこと）の証明だ」

係長が叫んだ。

「やった。ついに見つけたぞ」

捜査員らも、それぞれ喜びの声を上げた。

「苦労した甲斐が、ありましたね」

作業員たちも一緒に喜んでくれた。

けん銃の発見は、すぐに管理官に報告された。

その頃、高杉主任は、事務連絡のため本部（組対四課）へ向かっていた。ちょうど地下鉄霞ケ関駅のホームを歩いている時だった。携帯電話が鳴った。岩峰係長からである。

「主任、けん銃を見つけたぞ。本物だ。やったぞ」

岩峰係長の喜んだ声が聞こえてきた。

「本当ですか。やった、良かったですね」

事件発生から一年四か月、捜査員の苦労がやっと報われた。これからまた捜査本部が忙しくなる。もうひと頑張りだ。高杉主任はそう思い、高揚した気持ちのまま本部に向かった。

本部に着き、管理官と会った。すでに管理官も報告を受けていたらしい。

「高杉主任、聞いたか。とうとうけん銃を発見したな。良かったな。これから忙しくなるぞ。とりあえず、栃木県の捜査本部に行かなければならないな」

喜びながらも、今後の捜査を思いやった。

発見されたけん銃は、長期間濁った川の中にあったため、銃口内には砂がびっしり詰まっていた。鑑定可能性に不安はあったが、科学捜査研究所に持ち込んだ結果、鑑定できると判断された。

鑑定の結果、発見したけん銃による線条痕が、本件弾丸の線条痕と一致した。また、けん銃の付着物とガムテープを精査した結果、活字が確認された。一ノ瀬が日刊スポーツの新聞に包んだと供述しているところから、その裏付けを行った。

国立国会図書館において本件犯行日前後の新聞記事と対比したところ、確認された活字は犯行三日前の日刊スポーツ新聞の記事と合致したのである。さらに、新聞販売店店長や配達員から新聞購読状況を捜査した結果、一ノ瀬が犯行前後に日刊スポーツ新聞を宅配で購入している事実も裏付けられた。

これらの捜査結果から、発見されたけん銃は遠山の殺害に使用されたけん銃であることが証明されたのである。

一方、ハンマーの捜索については難航した。事件発生から一年以上経ち、その間に投棄場所では水位が堤防を越える洪水が二回発生していた。河川管理者によると、川岸から河川中央に向かって一定の位置からは川底が泥岩状態であり、水流の圧力を考えるとハンマーが現存する可能性は低いとのことであった。

けん銃捜索と同じように、まず三日間、プロのダイバーによる捜索を行った。しかし、ハンマーを発見するには至らなかった。その後、専門業者に依頼し、普通乗用車をも持ち上げる大型磁石によって捜索を実施するも、やはり発見できなかった。

二度の洪水や時の流れを考えれば、ハンマーが流された可能性も否定できなかった。結局、ハンマーは発見できず捜索は打ち切られた。

裏付け捜査 ―すべての供述に信憑性あり

けん銃とハンマーの捜索と並行して、供述の裏付け捜査も行った。

ガラスを割るのに使用したハンマーを金物店で購入したと供述したので、一ノ瀬にハンマーの絵と金物店の店内図を書かせた。書いたハンマーの絵は、頭が赤色の両口ハンマーであった。

一ノ瀬の案内で、引き当たり捜査を実施したところ、ハンマーを購入した金物店が、病院から北方に約二キロ離れた場所にあることが分かった。店内の状況も一ノ瀬の書いた図面と一致した。

店長に聞いたところ、当時レジに備えてあったジャーナルが残っているとのことであったので、確認した。その結果、犯行当日の午前八時過ぎに、約六〇センチのハンマーが販売されていることが分かった。犯行時刻から見ても矛盾はなかった。また、店内には書いた絵と同じような頭が赤色の両口ハンマーも置いてあった。

当時の時間のズレがないか、レジ内臓の時計を調べるため、レジを製造会社に持ち込み精査したが、誤差がほとんどないことも明らかになった。さらに、ジャーナルから当時の販売担当者が特定でき、出勤時間と対比した結果からも同時間帯に販売していても矛盾がないことが分かった。一ノ瀬の供述通り、ハンマー購入の事実が裏付けられたのである。

一方けん銃とハンマーを捨てに行く時、橋のたもとで中神会瀬尾組の幹部と偶然出会ったという供述の裏付けも行った。

幹部の名前をもとに捜査した結果、一人は刑務所に服役中であり、もう一人は池袋署に恐喝罪で逮捕され、起訴勾留中であった。

門野主任班と森谷主任班がそれぞれ、この二人を取り調べたところ、事件の日の昼過ぎに荒川の橋のたもとで偶然一ノ瀬と会ったとの供述を、二人から得た。ただ、本件について取り調べるも「誰が殺ったのか全く分かりません」と、役に立つ情報は得られなかった。

本件犯行の足として使われた軽自動車を当時管理していた男について捜査したところ、板橋警察署に傷害罪で逮捕され、起訴勾留中である中神会山本組の幹部であることが分かった。この男の取調べは、伴野部長班が担当した。

事件発生日の前夜に、軽車両を誰に貸したかを粘り強く追及したところ、「一ノ瀬が使うから軽自動車を貸してくれと竜宮に頼まれ、指定された駐車場まで持って行き、車のカギをタイヤの内側に置きました」との供述を得た。

このように裏付け捜査を行った結果、一ノ瀬の供述には信憑性があることが証明できたのであった。

本件の逮捕状請求 ——裁判官から激励される

けん銃の鑑定結果が出たことで、中神、竜宮、一ノ瀬を本件で逮捕する準備が進められた。

一ノ瀬は東京拘置所に在監していたが、中神と竜宮は佐野一家総長宅へ火炎瓶を投げ入れた事件で宇都宮署捜査本部に逮捕され、中神は宇都宮警察署に、竜宮は日光警察署に、それぞれ勾留されていた。そのため、中神と竜宮を逮捕するには、宇都宮署捜査本部と調整を行わなければならなかった。

三人の逮捕状請求の準備をほぼ終えた八月の下旬、岡村管理官、岩峰係長、高杉主任の三人が、宇都宮警察署の捜査本部を訪れた。捜査本部は、捜査員を増員して一連の襲撃事件、スナック乱射事件の犯人検挙に全力を上げていた。あらゆる法令を駆使して、襲撃に関連した者を二〇名以上逮捕していた。ただ、スナック乱射事件の犯人逮捕には、まだ至らない状況であった。

互いに捜査状況を確認した後、管理官が、遠山殺害の犯人は中神、竜宮、一ノ瀬であることが分かり、中神と竜宮の身柄を警視庁に移監して、逮捕取調べたい旨を要請した。その要請を捜査本部は快く了解してくれ、中神と竜宮を移監することが決まった。

捜査本部を訪ねるに当たり、ささやかな東京土産を持参したが、帰りには名物の「宇都宮餃子」や新鮮な野菜などをいただき、車に積んで帰って来た。

三人の逮捕は九月一日と決まり、その数日前、高杉主任と駒田刑事は逮捕状請求のため裁判所に行った。請求の書類はバインダーで一〇冊以上あり、その中には今まで苦労した捜査結果が詰まっていた。

逮捕状の発付を控室で待っていると、裁判官から呼ばれた。何か質問されるのかと思い、裁判官のところへ行ったら「本当に凶悪な事件ですね。頑張ってください」と一言激励されたのであった。裁判官も関心を持っている。なんとしても解決しなければならないと、改めて思ったのである。

一ノ瀬の取調べ3
――心を通わす取調べ

九月一日、遠山殺害の犯人として中神勇治、竜宮吾郎、一ノ瀬均を通常逮捕した。中神は宇都宮警察署から、竜宮は日光警察署から、一ノ瀬は東京拘置所から、それぞれ警視庁に移監した後、逮捕して取調べが始まった。

中神は、警視庁立川分室で森谷主任と福田部長が取調べに当たった。

竜宮は、警視庁本部で門野主任と中山部長が取り調べた。

そして一ノ瀬は、桜平主任と生田部長が豊島警察署で取調べに入った。

一ノ瀬は、これまで桜平主任と生田部長に供述した通り「中神に命令され、自分が病院の窓ガラスを打ち破り、竜宮がけん銃を撃ち、ベッドにいた遠山を殺害した」という内容を覆すことはなかった。桜平主任と生田部長が培ってきた一ノ瀬との人間関係は、いささかも揺らぐことはなく、事件について知っている限りのことを素直に供述したのである。

一ノ瀬の表情は、以前と一変していた。胸につかえていたものを吐き出し、人の心を取り戻したようで、柔和な顔になっていた。取調官としても自分の調べたホシ（犯人）が自供すると、自然と情が湧くものである。次第に心を通わせた取調べとなり、冗談も言えた。

取調べも終わり近くになり、桜平主任と生田部長は、鳴門海峡の渦潮を見て感動した話をした。それを聞いて一ノ瀬は、二人に聞いてきた。

「渦潮には右回りと左回りがあるのを知っていますか。刑事さんたちが見たのは、どちらでしたか」

そう言われたが、二人ともそこまで知らず、桜平主任が思いつくまま答えた。

「俺は、右回りだったと思う」

「えっ、主任そうですか。左回りじゃないですか」

生田部長もとりあえず答えた。

すると桜平主任は、何を思ったのか生田部長の頭を覗き込んだ。

「ん。左回りかも、生田部長のつむじも左回りだからな」

そう言って笑いを誘った。

生田部長も負けじと、桜平主任の頭を見た。

「う～ん。右か左か、分かりませんね」

そう言って、吹き出した。

「生田部長、それは頭に毛がないと言いたいのか」

桜平主任がたしなめるも、皆で笑ってしまった。

「渦潮はほとんどが右回りです。それでも、まれに左回りになるそうですよ」

一呼吸置いて、一ノ瀬が話した。

そんな雰囲気の中で取調べを終え、一ノ瀬は起訴された。

一ノ瀬は、取調べが終了するに際して二人に感謝した。

「桜平主任、生田部長、いろいろありがとうございました。おかげさまで、自分を取り戻すことができました。私が今まで話したことは、すべて本当のことです。これからも、話したことを翻すことはありません」

竜宮の取調べ２
――認めても否認？

門野主任と中山部長は、竜宮と二度目の対決となった。

警視庁本部の取調室において、門野主任は、竜宮に対して逮捕状の被疑事実を読み聞かせた。

被疑者竜宮吾郎（当五四歳）は、指定暴力団湊連合会宇賀神一家中神会内竜宮組組長であるが、同中神会会長中神勇治（当五五歳）、同中神会竜宮組幹部一ノ瀬均（当五六歳）と共謀の上、平成一三年二月二五日午前九時一〇分頃、東京都文京区千駄木一丁目六番一五号新都心大学病院集中治療室において、前記中神勇治の命令を受け、前記一ノ瀬均がハンマーで集中治療室の窓ガラスを打ち破り、被疑者がベッドに寝ていた遠山猛（当四五歳）に対して、けん銃を数発発砲し殺害したものである。


「この逮捕事実について、何か言うことはあるか」

門野主任が問うと、竜宮は「私は、やっていません」と否認した。

「それじゃ、事件当日は新都心大学病院に行っていないのか？」

「行っていません」

「そうか。なら、前日に長崎町の路上で遠山がけん銃で撃たれた時はどこにいた？」

「自分の事務所にいました」

「遠山が撃たれたことをどうして知った」

「中神から聞きました」

「それでどうした」

「遠山が心配で、新都心大学病院へ行きました」

「誰と行ったの。一人か」

「一ノ瀬と行きました」

「電車で行ったのか」

「車です」

「どんな車だ」

　刑事は知っていて聞いてきていると、竜宮は思った。

「軽自動車です。一ノ瀬の運転で行きました」

「病院では誰と会った」

「中神や組の者と会いました」

「その後、どうした」

「中神から、遠山は命に別状はないと聞きましたので、車で帰りました」

「その時、車をどこに止めたの」

「病院の裏側にあった駐車場です」

「帰る時、どこかに寄って行ったか」

「寄ってません。まっすぐ帰りました」

「それじゃ、どうして集中治療室の裏路地に、お前と一ノ瀬の吸い殻が落ちているんだ」

門野主任はそう言って、竜宮を問い詰めた。

刑事は俺が一ノ瀬と二人で裏路地にいたことを知っている。二人で遠山を殺ったと疑っている。竜宮は一瞬言葉を失った。

「そういえば帰り際、裏路地でタバコを吸った気がします」

苦し紛れに、そう答えた。

「嘘を言うなよ。今お前は、病院から帰る時、どこへも寄らなかったと言ったじゃないか。タバコを吸ったのは、遠山を殺った日だろう」

「いえ、前日です」

そう言ったが、声に力がなかった。

「何本もだぞ。なぜ、そんなに吸う必要があるんだ。なぜ、そこにいる必要があるんだ。竜宮。嘘を言うな」

竜宮は答えに窮し、動揺した。

「何本も吸った覚えはありません」

竜宮は、襲撃事件と同じように、最後まで否認で押し通すつもりだな。門野主任は、そう思った。

ただ竜宮は、事件と直接関係ない一ノ瀬との関係については、正直に話した。

竜宮は、一ノ瀬とは故郷が同じであること、中学は別々だが高校で一緒になったこと、一ノ瀬は自分より二つ年上だが話が合いよく遊んだこと、高校を出てからは別々となり刑務所で再び知り合ったこと、一ノ瀬が刑務所を出ても行くところがないと言うから中神会に来るように誘ったこと、今は竜宮組幹部として活動していることなど。

一ノ瀬から聞いた話と同じだった。

門野主任は、竜宮は否認で押し通そうと腹を決めているから理詰めで攻めても無理だろうと思い、回りくどい質問をやめることにして、一ノ瀬との関係で攻めようと思った。勾留期間も一〇日を過ぎた頃から、一ノ瀬の供述をぶつけていった。

「竜宮は、遠山に恨みがあるのか」

「ありません」

「それじゃ、なぜ殺した」

門野主任は、竜宮の答える表情をじっと見ていた。

「私は、殺ってません」

竜宮に微かな動揺が見え、門野主任は「今だ」と思った。

「竜宮、今回の事件で、一ノ瀬を巻き込んで悪いと思わないか」

「お前が一人で殺れないから、一ノ瀬に頼んだんだろう」

「運転もできないし、窓を割る役も必要だったんだろう」

「一ノ瀬なら頼めばやってくれると思ったんだろう」

「そうだろう」

「どうなんだ」

そう言って問い詰めた。

竜宮は、警察はどこまで知っているんだろうと思ったが、それでも否認を続けた。

「私は、一ノ瀬に何も頼んでいません」

そこで門野主任は、動かぬ事実を突きつけた。

「お前が遠山を撃ったけん銃が、見つかったぞ。お前が一ノ瀬に捨ててくれと頼んだけん銃が、見つかったんだよ」

竜宮の顔色が変わった。顔から血の気がサッと引いた。

一さんがすべて話したのだな。どんな言い訳しても無駄か。否認しても刑務所行きだ。竜宮はそう思ったが、それでもヤクザで生きてきた以上、意地でも認めたくなかった。

黙っている竜宮に対して、引き続き門野主任は、言い逃れのできない事実を突きつけた。

「一ノ瀬がすべてを話したんだよ。お前に軽自動車を運転してくれと頼まれたこと、中神から遠山を殺れと命じられたこと、金物店でハンマーを買ったこと、お前から集中治療室の窓ガラスを割ってくれと頼まれたこと、二人で軽自動車で逃げたこと、その後お前からけん銃を処分してくれと頼まれたこと。一ノ瀬は、すべて話したよ」

やや下を向いて黙って聞いている竜宮を諭すように、さらに続けた。

「一ノ瀬は、お前のことを心の友だと思っていて、一さん、竜ちゃんと呼び合える仲だから、頼まれて引き受けたんだと言っている。そんな一ノ瀬にすべてを背負わせていいのか。竜宮。一ノ瀬一人で、遠山を殺ったというのか？」

すると竜宮は、顔を上げ覚悟したように話した。

「分かりました。一さんがすべて話したのですね。一さんの言う通りです。私が一さんに頼んで窓ガラスを割ってもらい、その後、けん銃で遠山を撃ちました。撃って逃げた後、けん銃の処分を一さんに頼んだのも間違いありません」

竜宮はついに、自分がけん銃で遠山を殺害したことを認めたのであった。

ところが竜宮は、意外なことを言ってきた。

「門野刑事さん、私はヤクザの世界で生きてきた者です。話はしますが、供述調書には署名も指印もできません」

供述調書化には頑として応じなかったのである。

その後も、門野主任と中山部長は、情を持って竜宮の取調べに死力を尽くしたが、竜宮は最後まで調書に署名することはなかった。

中神の取調べ　—人の心を取り戻すのは今しかないぞ

森谷主任と福田部長は、警視庁立川分室で中神の取調べに入った。

ホシ（犯人）にはいろいろなタイプがいる。自分やったことを悔いて素直に認める者もいれば、情を尽くした取調べで落ちる者など、さまざまである。

しかし、誰が取り調べても落ちないホシもいる。人の心がないのか、ひねくれているのか、自分の犯した罪を問われてもすべて否認すると決めているホシもいるのである。特にヤクザは、犯罪にもよるが、幹部になればなるほど落ちにくい。警察の取調べに負けて話すのは、ヤクザのプライドが許さない、恥だと思うのかもしれない。幹部が、警察の取調べで犯罪を認めてしまうと、配下の者に示しがつかず、立つ瀬がないのであろう。

中神も、そんなヤクザの一人である。最初から、絶対認めないと決めていた。そんなホシでも取調べを任された以上、対決しなければならないのである。

森谷主任は、中神に逮捕状の被疑事実を読み聞かせた。

被疑者中神勇治（当五五歳）は、指定暴力団湊連合会宇賀神一家中神会会長であるが、同中神会竜宮組組長竜宮五郎（当五四歳）、同中神会竜宮組幹部一ノ瀬均（当五六歳）と共謀の上、平成一三年二月二五日午前九一〇分頃、東京都文京区千駄木一丁目六番一五号新都心大学病院集中治療室において、被疑者が命令し、前記一ノ瀬均がハンマーで集中治療室の窓ガラスを打ち破り、前記竜宮五郎がベッドに寝ていた遠山猛（当四五）に対してけん銃を数発発砲し殺害したものである。

「この逮捕事実についてどう思う。お前が竜宮と一ノ瀬に命令して遠山を殺したのか?」

「私は命令していません。事件に関係していません」

中神は、即座に否認した。

栃木県の襲撃事件もすべて否認している男だから、本件も認めないとは予想していたが、森谷主任は続けた。

「お前は、遠山が殺された日も、その前日も、新都心大学病院に行っているな」

「はい、行っていますよ」

「前日の事件の時、どこにいたの」

「自宅にいましたよ」

「自宅? ホテルじゃないのか」

中神は、調べ上げているなと思ったが、嘘を通した。

「自宅にいたような気がします」

「前日、遠山が撃たれたのを、どうして知った」

「事務所の者から連絡がありました」

「新都心大学病院に、何のために行ったのだ」

「撃たれた遠山が心配で、行きました」

「病院に行ってどうしたのか。誰かと話したか」

「配下の者が大勢来ていました。顔見知りの刑事さんと話しました」

「どんな話をしたんだ」

「刑事さんに、遠山は大丈夫ですかと聞きました」

「刑事は何と言った」

「分からない、今治療室の中だよと言われました。逆に刑事から、遠山は誰にやられたのか心当たりはないかなどと聞かれました」

「なんて答えたの」

「組内でも全く分からないと言いました」

「竜宮や一ノ瀬と会わなかったか」

「会いましたよ」

「二人はなぜ来たのか。お前が呼んだのか」

「私は呼んでません。遠山が心配で来たのでしょう」

「その後、どうしたのか」

「医師から、遠山は命に別状はないと聞いたので帰りました」

「事件当日は、何時頃、病院に行ったのか」

「朝、九時前だったと思います」

「何のために行ったの？」

「遠山が心配だったからですよ」

「病院に行ってどうしたのか」

「また、前日の夜に会った刑事さんと話しました。遠山に面会したいと頼みました」

「面会できたの？」

「看護師の許可を貰って面会できました」

「その後、どうしたの」

「遠山は大丈夫と分かり、病院を出ました」

「病院を出てからどうした」

「タクシーで帰りました」

「その前に、誰かに電話していないか」

当時の刑事やタクシー運転手から聞いて知っているな。当然、誰と電話したかも知っているはずだと、中神は思った。一瞬、間をおいてから答えた。

「そういえば、電話したかもしれません」

「誰に電話した」

「配下の者かもしれません。忘れました」

「その配下の者に遠山を殺れと命令したのか」

「命令してません」

「遠山が殺されたのをどうして知った。誰に聞いた」

「病院にいた配下の者に聞きました」

「なぜ病院に駆けつけなかった。遠山が心配で、二度も病院に駆けつけたのに」

中神は一瞬、答えに詰まった。

「警察やマスコミが大勢来ていたようなので、邪魔になっては悪いと思いましたから」

中神は、取ってつけたような返事をしてきた。

否認を押し通せば、自分が助かると考えているとしか思えなかった。そこで、森谷主任は、栃木県の襲撃事件に質問を変えた。

「栃木の佐野一家総長宅襲撃事件で逮捕されているが、なぜ何度も襲撃するんだ」

「私は、関係ありませんから」

「関係なくないだろう。お前の配下が何人も逮捕されているし、現にお前も逮捕されているじゃないか。会長のお前が知らないのはおかしいだろう」

「知りませんね。誤認逮捕ですよ」

「佐野一家総長や串田組長を、なぜ何度も狙うんだ」

「私は、関係していませんよ。栃木の事件の話はやめましょう」

中神は、襲撃の話はしたくないようであった。

ならばと、森谷主任は中神を怒らせようと考えた。

「寿長明院での葬儀の席で、北澤会長と笹塚一家組長が、串田総業の者にけん銃で殺された件が、襲撃した原因なんだろう。その時、お前が下手を打ったからじゃないのか。串田総業の者に警備の隙を突かれたんじゃないかのか？」

中神の顔色が変わった。

「下手なんか打っていませんよ」

「当時、お前は湊連合会本部長の指示のもと、風紀係を担当していたんだろう。襲撃してきた串田総業の者を発見できなかったので、悔しかったのじゃないのか。一度捕まえた犯人を警察へ引き渡したことで、周りの者から非難されたのではないのか。俺がお前なら、悔しかったと思うよ。その屈辱を晴らすために襲撃を計画したのだろう。本部長のためにも。違うか？」

そう言われて中神は、当時の事件を思い出し感情を露わにした。

「義理場で人を狙うのは、ヤクザとして汚いやり方ですよ。卑怯者ですよ。でも私は、襲撃に関わりありませんよ」

やくざ者としての気持ちを吐露するも、自分が襲撃事件に関わったことを認めなかった。

中神はそれ以上、その話には乗ってこなかったが、森谷主任は襲撃に絡んだ話を続けた。

「暮れに、佐野一家総長や串田組長を襲撃するため、配下の者と下見に行っただろう」

「行っていません」

「そうか、お前と配下の者が下見を終えた後、日光の温泉ホテルで襲撃の団結式を上げた写真があるんだが」

そんな写真を遠山が持っていたのかと思いながらも、中神はとぼけた。

「それは、組の慰安旅行ですよ」

「なぜ、写真中央にお前じゃなく、遠山が写っているんだ。遠山が襲撃の責任者に選ばれたからじゃないのか?」

「偶然でしょう」

「一月下旬にも、お前と中内本部長、犬塚組長、遠山の四人で箱根にある温泉ホテルに行っているが、なぜそこに遠山がいるんだ。遠山に、襲撃の責任者としての覚悟をさせるためじゃないのか？　その写真もあるぞ」

「違いますよ。本部長の療養のために行ったんですよ。遠山は護衛役で連れて行ったんです」

「じゃあ、犬塚組長はなぜ一緒に行ったんだ」

「犬塚組長が温泉宿を予約してくれたんですよ。案内役です」

「なら、遠山が本部長と並んで写真に写っているのは、どういうことだ」

「それも、たまたまでしょう」

暖簾に腕押しの状態であった。

そんな押し問答が続き、取調べも終盤に差し掛かった。森谷主任と福田部長は、勝負に出た。

「遠山が襲撃に失敗して、責任者を降りたいと言ったから、口封じのため殺したんだろう。お前が、竜宮に命令して遠山を殺したんだろう。違うか。病院を出てから、すぐ竜宮に電話しているじゃないか。その時間に電話しているのは、竜宮しかいないじゃないか。お前が遠山のベッドの位置を竜宮に教えたんだろう。ベッドの位置を知っているのは、お前だけなんだぞ。お前が教えない限り、竜宮はベッドの位置を知り、遠山を殺すことはできないんだよ」

いきなり核心を突かれた中神は、答えに窮した。

「知りません。私ではありません。私は、命令などしていません」

「嘘を言うんじゃないよ。一ノ瀬が全部話したよ。けん銃も見つかったぞ。もう逃げられないぞ」

中神の顔色が変わった。焦りが出てきた。

一ノ瀬が話したのか。けん銃が発見されたんじゃ、間違いなく懲役だなと思ったが、最後まで認めないと決めていた。

「私は、関わっていません。それは、竜宮と一ノ瀬がやったのでしょう」

中神は逃げた。

「二人に押し付ける気か、中神。それでも、お前は会長か。遠山に申し訳ないと思う気持ちがないのか。ヤクザの世界だって、人の心はあるだろう。集中治療室で必死に生きようとしている仲間を殺すことは、卑怯ではないのか。このまま行けば、良い死に方はしないぞ。人の心を取り戻すなら、今しかないんだぞ。中神」

そう言って中神の心に問いかけた。

しかし、中神は最後まで否認し続けた。このようにして一ノ瀬、竜宮、中神に対する二〇日間にわたる取調べは終了し、三人は起訴された。

乱射犯人の自供 ——遺族の方々にできる私の気持ちです

「私が宇都宮スナック殺人事件の犯人です」

栃木県警察では、宇都宮スナック乱射事件の発生で捜査本部が現場検証、付近の聞き込み、目撃者の発見などに力を注いでいる中、中神会の幹部土橋勝美（四五歳）が警視庁豊島警察署に出頭してきた。

豊島署員も驚いたが、宇都宮捜査本部も予想していなかっただけに驚嘆した。真偽を確かめるため、宇都宮捜査本部に土橋を任意同行し、取調べを開始した。その結果、土橋を銃刀法違反で逮捕したのであった。

しかし、その後の調べで、土橋の供述内容に矛盾が見られた。スナックの外にいたボディガードの動きや客の出入りについては詳しかったが、店内の状況や串田組長のいた位置、どうして乱射したかなどについて、辻褄が合わなかった。けん銃が発見された場所についての供述にも矛盾があった。

「お前が本当にけん銃を撃ったのか」

そう言って厳しく追及した。

「スナック襲撃事件が失敗したので、このまま外にいれば自分が殺されると思って、出頭してきました。撃ったのは自分ではありませんが、見張りやけん銃を準備したのは自分です」

土橋がそう供述したため、本件（スナック乱射事件）の実行犯ではないことが分かり、土橋は処分保留で釈放となったのである。

その後も、宇都宮捜査本部は捜査を鋭進し、中神会関係場所にガサ（家宅捜査）を入れた。警視庁捜査本部の岩峰班も応援した。高杉主任は、宇都宮捜査本部の桜本係長らと小巻の自宅へガサに行った。

自宅には小巻はいなかったが、小巻の姉がいたので居場所を聞いてみた。

「どこにいるのか分かりません。何日も帰って来ません」

そう言って、心配していた。

一時間ほどで捜索を終えたが、事件に直結するような資料は得られなかった。ただ、小巻から姉の預金通帳に三〇〇万円振り込まれていたことが分かった。その件で桜本係長が、姉さんとしばらく話していた。

小巻の姉が桜本係長に聞いた。

「裕也は何をやったのですか？　人を殺したのですか？　裕也は少年院に入ってから変わってしまいました。とても、このお金は使えません」

「まだ、事件を捜査中なので分かりません」

桜本係長は、そう答えるにとどめた。

他の捜索場所についても、事件に関係するような資料は得られなかった。

その後も宇都宮捜査本部は、懸命に捜査を続け、襲撃事件に絡んでいる中神会の者を次から次へと逮捕していった。

スナック事件後、出国した中神会の者がいないかどうか、各航空会社の協力を得て調査した結果、中神会幹部の小巻と中尾がタイに出国している事実を掴んだ。

「この二人が、スナック乱射事件の犯人である可能性が高い。小巻と中尾に関する事件情報を探せ」

山城課長補佐から檄が飛んだ。

懸命に探した結果、小巻が襲撃事件に関与している情報を掴んだ。佐野一家総長宅の襲撃に使われた四トントラックは盗難車であり、そのトラックを盗んだ者から、小巻が譲り受けていたのであった。盗品等無償譲受け罪である。

山城補佐は、その事件を早急にまとめさせた。そして、各航空会社と入国管理局へ捜査協力を取り付け、小巻が日本に戻って来るのを待った。

二か月が過ぎて、小巻と中尾は不法滞在で強制送還されてきたが、逮捕したのは小巻のみだった。中尾については、事件情報が得られなかったのである。

小巻の取調べを担当したのは、桜本係長であった。次から次へと逮捕した中神会の者から、スナック事件は小巻がやったようだとの情報を得ていたが、自宅から押収した預金通帳の件で、小巻をスナック乱射事件の犯人として疑っていたので、自ら取調べを申し出たのである。

小巻については、盗品等無償譲受け以外にも、他の襲撃事件に関与していることが分かり、再逮捕した。小巻は、盗難トラックを譲り受けたことは素直に認めたが、襲撃事件については、自分が関与した部分は認めたが、誰に命令されてやったのかなどについては、話さなかった。

桜本係長は、それらの事件で起訴になった小巻を、時間をかけて取り調べた。子供の頃のことや育った家庭環境、ヤクザになった経緯などについて、情を持って聞いていった。

小巻は父親を知らない。小巻が生まれ時、父と母は離婚していたのである。シングルマザーとなった母が、姉と小巻を育てた。アパート住まいで、生活保護を受けたこともある。

小学校に上がり、肩身の狭い思いをした。父親はいないし、貧乏であったことが、子供心に自責の念を感じさせた。いじめにも遭ったし、先生からからかわれたこともあった。その頃から、人に対する不信感が募っていった。

中学校に上がると、体が大きくなったせいか、いじめられることはなくなった。しかし、周りからいつも疎外されている感じがしていた。その頃、母親に男が出来て、時々アパートに出入りするようになった。小巻は、この男が嫌いであった。ロクに仕事もせず、時々母から金を貰っていたからである。

ある日、学校から帰ると、この男が姉に乱暴しようとしていた。それを見た小巻は、それまでの感情が一気に吹き出し、台所にあった包丁で男の背中を突き刺した。これが原因で、小巻は初等少年院に入ったのである。

少年院を出ても、人に対する不信感から職場になじめず、少年院仲間と付き合うことが多くなっていった。その後、必然の流れのように暴力団の世界に入っていったのである。

これらの話を、桜本係長は小巻の身になり聞いていった。悔しい思いをした小巻の気持ちに共感もした。すると、小巻も少しずつ心を開いてきた。

時は過ぎ、小巻を逮捕してから半年が過ぎた頃、桜本係長はこの時だと思い、小巻に語りかけた。

「小巻、スナックの事件はお前がやったんだろう」

そう諭すように切り出した。

「私ではないです」

小巻は答えたが、目を合わせず、うつむいてしまった。

「事件後、すぐ中尾と二人でタイに逃げているではないか。なぜ、タイに行く必要がある。自分がどのような事件を起こしたのか、分かっているのか? 何の罪もない一般人三人の命を奪っているんだぞ。ヤクザのケンカ事じゃ、済まされないぞ。人間のやることとか」

小巻は黙ったまま聞いていた。

「それに、殺された被害者には、家族も兄弟もいるんだよ。お前は、その人たちの心を、一瞬にして暗闇の中に落としてしまったんだぞ。家族は、これから毎日悲しい思いや苦しい思いを背負って生きていかなければならないんだ。一生だよ。お前たちと比べて、どっちが苦しいと思う。お前にも親がいるし、姉さんもいるだろう。以前、お前の自宅にガサに行った時、姉さんと話したよ。裕也はずっと家に帰って来ないと言って、心配していたよ。それに預金通帳にお前が振り込んだ金を知って、とても使えるお金じゃないと言っていたんだよ。あの金は、スナック襲撃の報奨金か？ お前にも心配してくれる姉さんがいるのだから、被害者の家族の気持ちも分かるだろう。償うなら、今しかないぞ。すべて話して償うことが、被害者やその家族にしてやれることではないのか。小巻、そうしないと、お前は一生苦しむことになるよ」

そう言って、小巻の心に切々と訴え続けた。

すると、うつむいて聞いていた小巻の目から涙がこぼれた。

「申し訳ありません。私がやりました。中尾と二人でやりました」

小巻は、自供した。

とうとう話してくれたか。長かったたな。桜本係長は喜び「よく話してくれたな。小巻」と優しく声をかけて、背中をさすってやった。

その後、小巻は、中神に命令されてやったと話し、見張り役や逃走を手伝った者などについても正直に供述した。

その報告を聞いて、宇都宮捜査本部は、歓喜した。そして、急いで裏付捜査を行い、二月半ばに、スナック乱射事件の犯人として、小巻と首謀者中神を逮捕し、数か月遅れて、もう一人の実行犯中尾を逮捕したのである。

中神は取調べにおいて事件への関与を全面否認し、中尾も自分の犯行を認めるも他のことについては中神をかばうなど、真相究明を阻む態度を取り、反省の心が見られなかった。しかし小巻は、取調べに当たった桜本係長に対して「私は、中神や中尾が否認しても、私が事実を認め最後まで頑張ります。それが、遺族の方々にできる私の気持ちです」と言い、最後まで事件の全容解明に向けて積極的に捜査に協力し、その改悛した心は、裁判においても覆ることはなかった。

一休み ―やっと皆、笑いが出た

警視庁千駄木署の捜査本部は、発生から解決まで約一年七か月を要した遠山殺害事件の捜査を終え、一息つきながら公判対策へ向けて準備を進めていった。捜査員もそれぞれの役目を終え、ひと時の休息であった。

そこで、勤務終了後、デスクに酒とつまみを用意し、事件解決を祝して捜査本部で、ささやかな宴席を設けることにした。捜査員全員が揃っての宴席は、久しぶりであった。

「皆、本当によく頑張ってくれた。ありがとう。情熱、情熱の賜物だ。乾杯」

係長の音頭で始まった。

「乾杯、乾杯」

皆、高々とコップを掲げた。

事件を解決した後の酒のうまさは、ひとしおである。捜査員それぞれ、今までの苦労話やエピソードで花が咲き、楽しいひと時であった。

高杉主任からは三日月部長の話、桜平主任からは鳴門海峡の渦潮や生田部長との掛け合い漫談の話、森谷主任からは飛田の逮捕劇の話などが出た。

その時、福田部長が制した。

「主任、その話はしなくてもいいのでは」

すると花村部長が言った。

「福田部長、もう皆知っているわよ。ザルに足がはまった件でしょう。その他にもあるの？」

皆、大笑いした。

徐々に酒が入ってくると、無礼講になった。大林刑事が隣で静かに飲んでいた熊澤主任の顔を見て、水を向けた。

「主任もいろいろありましたよね」

「なんだよ。バカ野郎、何もないよ」

熊澤主任は笑いながら、ぴしゃりと大林刑事の頭を叩いた。

それを見て皆、熊澤主任の数々のエピソードを思い出し、どっと笑った。話は岩峰係長に向いた。

「けん銃が見つかった時、係長は危機一髪でしたね。ユンボのバケットに当たり大怪我するところでしたよ。冷やっとしましたよ」

平沼刑事が言った。

「ん。そうだったか？　情熱、情熱、岩をも砕くだな」

係長は、いつもの口癖を言った。

すると誰かが「岩峰も砕けるところだった」と言ったので、爆笑となった。

祝いの席も終盤になり、福田部長が気を利かした。

「これから島土産の素麺を茹でてきますよ。駒田刑事手伝ってくれ」

門野主任が突っ込みを入れた。

「福田部長、穴の開いてないザルを使ってな」

捜査員にとって、久しぶりに笑いの出る飲み会となった。

公判対策 ―最後まで気を抜くな

年が明け中神、竜宮、一ノ瀬らの公判が始まった。

一ノ瀬の公判には、岩峰班全員が行った。傍聴席で一ノ瀬を後押しするためであった。一ノ瀬の供述が覆るとは思わなかったが、大勢の宇賀神一家や中神会の者も来ると予想されたからだ。

案の定、一ノ瀬の公判日に東京地方裁判所に行くと、裁判所前に大勢の暴力団員が集まっており、その数、七、八〇名であった。傍聴席は抽選であり、捜査本部員だけでは、数で暴力団に負けていた。

高杉主任は、その場から携帯電話で岩峰係長に状況を伝えた。岩峰係長は、高杉主任から聞いた状況を、本部にいた岡村管理官に連絡した。管理官は、本部五階の窓から桜田通りを挟んだ反対側の地裁前に大勢の暴力団が並んでいるのをみて、驚いた。

そこで、急遽、本部にいる四課員を総動員して抽選に行かせ、さらに三課員にも応援を求めた。

そんなことから、裁判所前には一般傍聴人も含めて二〇〇人以上が傍聴券を求めて集まった。もちろん、そのほとんどが暴力団とマル暴刑事であったが、誰がどっちだか分からない。

前列には、捜査本部員が占めていた。若い大林刑事と平沼刑事が、後方の列に並んでいる男らを見て、側にいた門野主任にささやいた。

「主任、あの人たちはヤクザですか？ 見ただけで怖いですね」

すると門野主任が、吹き込んだ。

「あの人は、四課の刑事だよ。警視庁三番目の男と言われている」

「えっ、四課の人ですか。凄いなあ」

何が凄いのか分からないが、二人はしきりに感心していた。そして聞いた。

「警視庁一番の男という人は、どのような人ですか」

門野主任が、また二人に吹き込んだ。

「浅草の雷門を知っているか？ 雷門と書いた大きな提灯が下がっているところだ」

「ええ、知ってます」

二人は答えた。

「その提灯の脇に仁王様が立っているだろう。警視庁一番の男は、仁王様に似ているよ」

門野主任が、まことしやかに答えた。

「えっー、それは怖い。怖いですね」

二人は顔を見合わせた。

そのやりとりを近くで聞いていた熊澤主任が「お前ら、馬鹿野郎」と言い、大林刑事と平沼刑事の頭をぴしゃりと叩いた。

本部動員のおかげで、必要な数の傍聴券を確保することができた。

確保した傍聴券を桜平主任が集め、岩峰班の捜査員に振り分けた。そして、一ノ瀬の真後ろの傍聴席を捜査員らで占めることによって、証言する一ノ瀬を後押ししたのであった。

そのような公判が二、三度続いたが、一ノ瀬は取調官に話した供述内容を覆すことは最後までなかった。

その後、捜査本部は三度目の桜を見て閉鎖した。

捜査本部の裏庭にある満開に咲いた桜を見て、岩峰係長がつぶやいた。

「桜とは縁があったな。警視庁も栃木県警も桜が落としたよ」

そう言う係長の顔を見やり、高杉主任も思った。

千駄木署の桜平主任に、宇都宮署の桜本係長か。

「うまいこと言うな。加えて言うならば、警視庁は桜田門にある」

二年二か月の長い戦いであった。

判決
──極刑以外の判決はない

本件を自供し、事件の全容解明に協力した一ノ瀬は、懲役一五年の実刑判決が下された。

ハンマー一振りだけとはいえ、殺人の共犯者であるから仕方ないのかもしれない。

一方、竜宮は、本件犯行を最後まで否認し、栃木の襲撃事件と併せて無期懲役の判決であった。中神も、本件犯行、栃木の襲撃事件、スナック乱射事件のすべてを否認した。

中神の論告求刑において、検察官は次のように述べた。

「被告は犯行を指示した首謀者で、刑事責任は最も重いにもかかわらず、起訴事実を全面否認しており、反省の情も見られない。もはや人間性は失われ、矯正不能だ。暴力団特有の論理で一般人の犠牲もいとわない姿勢は、反社会性の極みである」

続けて、遺族の言葉も読み上げた。

「なんの罪もない父やその仲間の命を容赦なく奪っていった犯人たちには、私たちと同じ社会に存在してほしくありません。犯人に対する刑としては死刑しか考えられません。私たちの苦しみを、犯人たちに思い知らせてやりたいです」

また、控訴審では裁判官が次のように述べた。

「被告は犯行の実行行為こそ担当していないが、暴力団の上下関係を利用し、犯行を具体的に指示した首謀者だ。責任は重大で、実行犯以上。一般人を含む多数の犠牲者を出しており、社会への影響は極めて大きい。五人（本件含む）の命が奪われた事実は、極めて重い。病院内での事件は口封じ目的であり、酌量の余地はなく、とりわけ乱射事件で殺された一般人三人の無念さは、筆舌に尽くしがたい。極刑がやむを得ないとした死刑判決は相当である」

最高裁でも、裁判官はこのように述べた。

「一般人を巻き込む危険性も意に介さず、冷酷で残虐。結果は重大で、地域社会に与えた影響も計り知れない。実行行為はなされていないものの、組員に指示を与えた首謀者である被告の責任は実行犯以上に重く、死刑の判断をせざるを得ない」

こうして、中神には死刑の判決が下ったのであった。

もっとも、スナック事件を全面的に認め、事件の全容解明に協力した実行犯の小巻も死刑の判決であった。そして自分の実行行為は認めたが、共謀性を否認した中尾も死刑判決であったのだから、中神の死刑判決は当然であろう。

報復止まず　―血のバランスシート

中神とその配下のほとんどが、逮捕され襲撃の手は止まった。

襲撃は、所期の目的を果せなかったばかりか、一般人の命を奪うという悲惨な結果をもたらした。この行為は、湊連合会といえども、公に称賛するわけにはいかなかった。しかし、ここで報復を終えるわけにもいかなかった。悪運の強い串田は生き残っており、このままでは釣り合いが取れなかった。組織としてのメンツが潰れると、一部の者は思った。

そして、再び報復を開始したのである。ただ、佐野一家と串田総業の警戒は、増強され、攻撃することは無理であった。その矛先は、寿長明院事件で北澤会長と笹塚総長を殺った二人の犯人（麦田と倉部）に向けられたのである。

麦田は旭川刑務所に服役し、倉部は岐阜刑務所に服役していた。刑務所内なら逃げ道はない。急いで両刑務所にいる湊連合会傘下組員を調べたところ、旭川刑務所には、傷害致死罪で服役している宇賀神一家的場連合会の山崎がおり、早速山崎に指令が飛んだ。

指令を受けた山崎は、麦田を殺る機会を窺っていたところ、刑務所内の工場で麦田と一緒になる機会を得たのである。チャンスは、ここしかないと思った。ここの工場は、各作業用テーブル毎に受刑者が二名ずつ付き、椅子の製作を行っていた。木工用具である約一五センチのキリが置いてあった。山崎はこのキリを使って、麦田を殺ることにしたのである。

広い工場の中、麦田は少し離れたテーブルで作業していた。工場内の両端には、刑務官が立って警戒していた。山崎は作業用エプロンのポケットにキリを忍ばせ、チャンスを待った。すると数時間の作業を終え、休憩時間に入った時、トイレに行くため、麦田が山崎の後ろを通ったのである。

殺るのは今だ。山崎は椅子から立ち上がって麦田を追いかけ、その背中に渾身の力を込めてキリを突き刺した。

「ウアアー」

麦田は大声を上げて、その場に倒れた。すかさず山崎は馬乗りになり、左胸目がけて何度もキリを突き刺した。

「この野郎、死ね」

刑務官に止められるまで、山崎は麦田の左胸を突き刺し続けたのである。その結果、胸や肩などを十数回突き刺し、重傷を負わせたのであった。

一方、岐阜刑務所には、湊連合会傘下組織の者が四名服役していたので、その者たちに指令が下った。四名は倉部と一緒になる機会を窺っていたが、工場内で一緒になることはなく、なかなかチャンスが来なかった。

ところが、週二回ある入浴の時、倉部と一緒になる機会が訪れた。入浴は、人数二〇人、時間二〇分と決められ、一斉に入り一斉に出ることになっていた。入浴中は刑務官が監視しているので、入浴後の脱衣所でリンチを加える計画を練った。四人は倉部と一緒の班に入り、並んで入浴の順番を待った。

そして、刑務官の指示で入浴し、二〇分で一斉に上がり、脱衣所で着替え始めた。

入口には刑務官が、次の入浴者を整列させていたが、脱衣場に目が届いていなかった。四人は素早く着替えて目くばせし、着替え中の倉部に近づき囲むと、いきなり殴る蹴るの暴行を加えた。倉部は不意を突かれて全く抵抗できず、倒れてしまった。倒れた倉部の頭や顔を、さらに踏みつけた。刑務官が気づき止めに入った時には、倉部の意識は朦朧とした状態であった。

「この野郎、生きて刑務所を出られると思うなよ」

捨て台詞を吐いて、四人は連行されて行ったのである。

倉部は一命を取りとめたが重傷であり、その後、精神的な病にかかって房内で自殺してしまったのである。

この二人（麦田、倉部）に対する報復で、ヤクザ世界における「血のバランスシート」が取れたのかどうかは分からないが、これで湊連合会の報復は終了したのである。

告白 ―無罪確定

死刑判決を受けた中神は、服役してから一年後、驚くべき事実を告白した。

「過去に、金の貸し借りの問題から不動産業者を殺し、配下に指示して茨城県の山中に埋めた」

そして、その手紙を警視庁に送ってきたのである。

その時、すでに千駄木署捜査本部は解散して捜査員もバラバラになっており、高杉主任は警部に昇任して、警察署の組対代理となっていた。高杉代理は新聞でその事実を知り、思った。

死刑執行を引き延ばすためではないか。

組対四課もそう思ったらしく、捜査にはすぐに着手しなかった。しかしその後、死体を埋めたという男の供述から山中を捜索したところ、遺体が発見されたことで、捜査が開始された。そして一年後、中神は殺人罪で逮捕され、その事実を認め、起訴されたのである。

ところが、公判に入ると中神は、一転して殺人の事実を全面否認し、無罪を主張した。裁判が混乱し長引けば、それだけ死刑執行が遅くなると思ったのだろうか。その事実が報道されると、世間や警察関係者、暴力団関係者も皆、延命のためだろうと思った。しかし、中神の考えは違っていた。

遠山殺害事件やスナック乱射事件に至った真相を話してやる。俺も組織の駒なんだ。

上からの指示でやったんだ。それを話す機会を得るために、否認に転じたのであった。しかし、その思惑は外れ、裁判官は中神の望み通り、無罪を言い渡したのである。延命のための裁判を、これ以上続ける必要はないと判断したのだ。

普通の人なら無罪確定となれば喜ぶところだが、中神は落胆した。無罪宣告によって、真相を話す場を失ってしまったからである。そして、再び独房生活に戻ったのであった。

それ以後、中神は精神的に落ち込み、気力のない受刑生活を送っていたが、自分の前の死刑囚が死刑執行されたことを知り、衝撃を受けて動揺した。

中神の脳裏に、いろいろな思いが込み上げてきた。

次は俺の番か。

俺は死刑が怖いわけじゃねえ。

真相を知ってほしいだけなんだ、真相を。

警察に捕まった時、話せばよかったか。

もう遅いな。

あの時、刑事は「良い死に方はしないぞ」と言ってたな。

死ぬのが怖いわけじゃねえ。
俺は日本男児だ。
サムライだ。

そして中神は、中内本部長が自分にかけてくれた言葉を思い出し、涙した。

中神、お前一人だけが命をかけることはないよ。
いろいろ気づかってくれてありがとうな。

数日後、中神は部屋で首を切り自殺したのである。
側には、歯ブラシの柄を研いで作ったナイフ様なものがあった。死刑を待たず、自殺したのは、延命だと思った世間への意思表示なのか、自分の組織に対する意思表示なのか、その思いは分からない。ただ、中神が言うように、事件に上層部が関与していたとしても、自分自身の行為を悔悟せず、最後まで被害者や遺族に対する謝罪の言葉を言わなかったことは、決して許されることではないだろう。

あとがき

本件とスナック乱射事件は、当時、前代未聞、想像を絶する凶悪事件と言われた。特にスナック乱射事件は、日本中を震撼させた事件である。

その両事件が解決できたのは、事件に従事した捜査員が「この事件は許せない。絶対犯人を捕まえなければならない」と、強い気持ちを最後まで持ち続けたからである。岩峰係長の言う「事件解決への熱意、情熱」を最後まで貫いたからであろう。

本件の被害者は暴力団員一人であったが、一つ間違えば患者や病院の医師、看護師の命までなくなっていたかもしれない危険な事件である。人の命を懸命に救っている医師と看護師を巻き添えにしても構わないというような事件は、断じて許すことはできない。それ以上に、何の罪もない人の命を、容赦なく奪ったスナック乱射事件は、絶対許してはならないのである。

時折、このように暴力団の勝手な理屈により、何の罪もない人が犯罪に巻き込まれることがある。被害者を失った家族は、事件の起きた日が来るたびに、思い出し悲しい思いをするのである。時間が解決するというほど、簡単なものではない。刑事は事件を解決することはできても、遺族の悲しみを解決することはできないのだ。できるのは、気持ちを察して、そっとしてあげることくらいである。

では、どうすればこのような事件をなくすことができるのか。答えは簡単で、誰もが分かっていることだ。それは、暴力団が社会からいなくなればいいのである。しかし、簡単に暴力団をなくすことはできない。どうしてか。警察が取締りの手を緩めているからなのだろうか。

暴力団がいなくなったら、暴力団担当の仕事がなくなるから、警察は故意に暴力団を壊滅させないのではないか。そのような内容の記事を、雑誌で目にしたことがある。確かに戦後間もない時代は、警察と暴力団が持ちつ持たれつの関係であったかもしれない。しかし、一九六四年（昭和三九年）の山口組壊滅に向けての「第一次頂上作戦」以来は、一貫して暴力団の取締りに力を注いできたはず（ただし、一部の悪徳、癒着警察官を除いての話だが）である。

私は二三年間、暴力団事件を専門に取り締まってきた経験があるが、一度も手を緩めようなどと思ったことはないし、日々解決しなければならない事件に追われて、そんなことを考える余裕もなかった。

当然、現在も警察は暴力団の壊滅と弱体化に向けて一丸となっており、そのおかげで年々暴力団の勢力が弱まり、組員が減ってきている。しかし、壊滅させるまでには、まだまだ時間がかかるだろう。なぜか。それは、暴力団員でいたほうが生活できる者たちがいるからである。

組長など上層部になると、配下の者から上納金が入ってくるのだから、生活（金）には困らない。それと、まだ社会の中には、暴力団を支える人たちもいるからである。例えば、飲食店の経営者が暴力団に毎月みかじめ料を払ったり、返してもらえないのを承知で金を貸す人たちがいるのだ。さらに、ある程度金に余裕ができた幹部クラスは、一般人（フロント企業等）を使って、合法的に利益を得ているのである。金が入り生活できる以上、暴力団をやめることはないだろう。

ただ、余裕を持って暴力団で食っていけるのは上層部だけで、配下の多くは生活が苦しいはずである。だから金に困っている者は、なりふり構わず犯罪に手を染めてしまう。特に「覚せい剤」や「窃盗」など、すぐに金になる犯罪に手を出すことになる。昔は、窃盗事件を起こすなんて暴力団として恥ずかしいことだと組員自身が思っていたのだが、今は生活するため背に腹は代えられない状況なのである。

そして現在、暴力団の資金源は「特殊詐欺」が主流で、金のなる木になっているのである。昔の暴力団なら、年寄りを騙して金を取ることなどプライドが許さなかったが、今は組織的に行っているのが現実なのである。

私が浅草警察署や丸の内警察署にいた一〇年前頃でも、警視庁管内で「オレオレ詐欺」が発生しない日は一日もなかった。現在は、さらに多くの「特殊詐欺事件」が発生しているはずである。

では、なぜ、このような犯罪が増えているのか。それは、簡単に金になる上に、殺人や強盗と比べて刑が軽いからである。だから、暴力団を弱体化させ壊滅に追い込むには、徹底して資金源を断つことなのである。特に法の網をすり抜けている資金源をどう断つかだろう。ただ、暴力団を壊滅させるためには、警察の力だけでは限界があるので、社会の協力が必要となるのだ。

特別なことをする必要などない。日頃から暴力団の排除に関心を持ち、街の暴力団排除キャンペーンや講演会などに参加するだけでも十分であるが、暴力団を壊滅、弱体化に追い込むためには、さらに力を入れなければならないことがある。それは、脱退組員の支援である。

組員の中には、暴力団が割に合わないと思ったり、生活が苦しくなり脱会したいと思う者が出てくる。特に若い暴力団員ほど、そう思う者が多いだろう。そういう者に対して警察は、組を脱会するよう積極的に働きかけている。そして、脱会した者を支援するために、働き先を紹介するなどの取組みを、全国の警察や暴追センターなどが積極的に進めており、それは、暴力団の弱体化を進める上で、とても有効な施策となっている。

ただ、難しい面もある。暴力団をやめて一般の会社に入ったとしても、受け入れる側の企業で働く同僚らとうまくやっていけるかどうかという問題である。これはそこで働く脱会者と受け入れる企業側の両者の気持ちが鍵であるが、脱会者に相当の覚悟が必要になる。しかし、本当に社会復帰を目指したいと思う脱会者を受け入れる企業があれば、暴力団の弱体化にとって大きな力になることは間違いない。

もう一つは、青少年対策である。少年院や各種学校において、暴力団になるとどのようにことが待ち受けているのかという現実を青少年たちに教え、暴力団に加入しないように教育することも暴力団の弱体化につながるだろう。

現在、暴力団社会も高齢化しており、五〇歳過ぎてヒットマンになる者もいる。だからこの先、ヤクザになる若者が減っていけば、必然的に暴力団は存続の危機を迎えることになるはずだ。

いずれしても、暴力団という存在がなくならなければ、また何の罪もない一般人が危険な目に遭うことになるかもしれないのである。

そのようなことを防ぐためにも、暴力団排除に少しでも関心を持ってもらえればと思う。


最後に、読者の皆さんにやってもらいたいことが二つある。

一つ目は、誰もがやっていることだと思うが、被害に遭ったら必ず一一〇番通報をすることである。私たちは、いつどこで暴力団と出会うかもしれない。

「交通事故の相手が、暴力団だった」

「あおり運転をしてきたのが、暴力団だった」

「酔って歩いていたら、暴力団から因縁をつけられた」

「暴力団がショバ（場所）代を出せと言ってきた」

「宴会を受けたら、暴力団の出所祝いだった」

「ホテルに暴力団が宿泊に来た」

などなどである。

そんな時、自分が悪くなかったら、決して暴力団の言いなりにならないでほしい。

実際、暴力団から強く言われたら怖いと思うが、頑張って断ると意外に引くし、そ